Conan, o Bárbaro:
Segunda Parte

Erika Sanders

Serie

Conan, o Bárbaro Vol. 5 a 8

Imagem da capa: @ katalinks, 2023

Primeira edição: 2023

Sinopse

Conheça as mulheres na vida de Conan como você nunca foi informado antes ...

Depois de novas aventuras e novos triunfos, Conan e seu grupo retornam à cidade onde está agora sua casa, Tarantia.

O retorno os fará perder as aventuras? Ou será melhor do que o esperado?

Esta publicação contém os volumes 5 a 8:
5 – Yasimina
6 - Zula
7 - Cassandra
8 – Adriana

Nova série baseada nos personagens das obras de Robert E. Howard.
(Todos os personagens têm 18 anos ou mais)

Nota sobre a autora:

Erika Sanders é uma conhecida escritora internacional, traduzida para mais de vinte línguas, que assina os seus escritos mais eróticos, longe da sua prosa habitual, com o seu nome de solteira.

Índice:

CONAN, O BÁRBARO
SEGUNDA PARTE
ERIKA SANDERS

CAPÍTULO V
YASIMINA

A loja era moderadamente grande, mas ainda dominada por muitos dos outros edifícios do bairro.

As torres e cúpulas dos templos próximos se elevavam sobre os telhados próximos, dando a este bairro seu caráter distinto.

Até as ruas estavam relativamente tranquilas, pelo menos quando os cultos não estavam começando ou terminando.

Este edifício, então, embora fosse melhor do que muitos outros na cidade, parecia quase indefinido aqui, suas paredes de pedra lisa e sinais decorativos não mais impressionantes do que muitos outros na rua.

Conan e Yasimina estavam aqui para estocar suprimentos antes de sua próxima incursão no deserto.

Não havia grande urgência, pois eles não tinham planos de sair novamente por pelo menos alguns meses, mas nunca se sabia quando os suprimentos seriam úteis, mesmo aqui na cidade.

A loja, claro, atendendo ao bairro, é especializada em produtos religiosos.

Este era, principalmente, o campo de especialização de Lady Yasimina, mas ainda assim foi útil que outro membro do grupo estivesse presente.

Na verdade, embora já tivesse passado pela loja antes, em visitas anteriores a esta ocasião, ele nunca havia entrado.

Yasimina, ao que parecia, era regular, então claramente fazia sentido para ele deixar a senhora falar.

Por dentro, a loja parecia um pouco menos discreta do que na rua.

Uma variedade de símbolos sagrados decorava as paredes, e o longo balcão continha uma série de itens variados, fazendo o lugar parecer tanto com um antiquário quanto qualquer outra coisa.

Havia rodas de oração, porta-incensos, potes decorados e alguns itens cuja função Conan só podia adivinhar.

Evidentemente, ele pensou, ele não tinha participado de uma ampla gama de serviços religiosos.

Pelo menos ele poderia reconhecer a maioria dos símbolos na parede ...

O homem atrás do balcão era de meia-idade e bem vestido com uma túnica azul marinho.

Cumprimentou Yasimina como se fosse uma velha amiga e depois disse pela porta dos fundos da sala que tinham clientes; Aparentemente, ele tinha um funcionário trabalhando nos fundos.

"O que posso fazer por você hoje, minha senhora?" Ele perguntou, virando-se para a senhora.

"Eu estava procurando um pouco de água benta", ela respondeu, "usamos todo o nosso suprimento na última viagem e vamos precisar de um pouco mais. E algumas de suas poções de cura, é claro."

"Certamente ..." disse o comerciante, mas a atenção de Conan foi desviada da próxima parte da conversa quando o vendedor chegou.

Que não era ele, mas ela.

Ela era uma mulher jovem, talvez a filha do dono da mercearia, provavelmente não tinha mais de dezesseis ou dezessete anos.

Seu cabelo preto estava preso em um rabo de cavalo com um simples fecho de prata, e os olhos verdes brilhantes se moveram entre os dois clientes; Conan sentiu que demoravam mais tempo com ele, mas talvez apenas porque era um novo visitante.

Sua tez era lisa e mais pálida que a do comerciante, com grandes lábios vermelhos e uma boca muito sensual.

Sem nenhuma vergonha, e ignorando o clima religioso que a loja deveria estar causando, os olhos do guerreiro percorreram o corpo da garota, avaliando sua figura.

Ela estava usando um vestido verde escuro, o decote cortado logo abaixo do pescoço e as mangas compridas nos pulsos; o balcão escondia suas saias, mas ele pensou que seriam longas e pouco reveladoras.

No entanto, apesar disso, o vestido não conseguia esconder o formato de seu corpo.

Ela tinha uma cintura estreita, uma faixa amarrada em volta dela com o símbolo da deusa do coração, e seus braços eram igualmente delgados.

No entanto, onde a roupa mais tinha falhado, foi no disfarce do formato de seus seios.

Eles eram altos e firmes, grandes em comparação com a largura de sua cintura; apenas roupas mais largas e espaçosas poderiam esconder esse fato.

Em geral, Conan sentiu, ela estava se perdendo em religião, e ele teria preferido vê-la com algo um pouco mais revelador.

Ele voltou sua atenção para o assunto em questão.

O dono da mercearia preparava uma variedade de garrafas e ele e Yasimina discutiam os preços de várias opções.

Até onde ele sabia, a senhora não teria dificuldade em adquirir água benta abençoada pelos sacerdotes de Ymir, sua divindade favorita e o deus da honra e virtude marcial, no templo.

Mas às vezes, uma variedade de alternativas era útil, e as poções de cura sempre tinham que ser consideradas, junto com quaisquer outros elementos da religião que pudesse haver.

Afinal, havia vários deuses, e ele supôs que seria sensato manter todos satisfeitos sempre que possível.

Mas, enquanto as poções de cura certamente eram de interesse, ele teve que admitir que apenas dois dos deuses podiam reivindicar receber orações ou ofertas dele ... que eram Crom em batalha e, apenas Muriela, deusa do amor, era provavelmente a escolhida. que ele esteja verdadeiramente satisfeito em paz.

Um pensamento o atingiu de repente e, vendo que o lojista estava ocupado, ele se virou para o assistente.

"Eu me pergunto se você tem alguns pequenos símbolos sagrados" ele perguntou a ela, "algum tipo de pingente, talvez, não especialmente um dos grandes. Qualquer coisa apenas para decoração?"

"Claro", respondeu ela, "temos uma ampla variedade de joias religiosas."

"Que tal um para a deusa Muriela?"

Ela era um membro altamente reverenciado do panteão dos deuses; afinal, ela era tratada com cortesia pelos outros templos, mesmo que eles às vezes mantivessem distância.

O amor era uma parte importante e positiva do mundo, uma força essencial do universo, algo que os outros deuses não queriam nem podiam negar.

Embora ele suspeitasse que eram principalmente os sacerdotes de alguns dos templos mais religiosos que suspeitavam de suas implicações físicas, até mesmo estes estavam elogiando conceitos como romance e casamento.

Os olhos da garota se arregalaram ligeiramente, mas sua boca se torceu levemente em um sorriso.

Pelo menos ele não a ofendeu.

"Sim, precisamos", disse ele, "posso buscar algo no depósito, se você quiser."

Ele se virou, então parou, como se estivesse pensando em algo, e então se virou.

"Na verdade, pode ser mais fácil se você vier comigo, e você pode escolher algo."

Ela notou um leve rubor em suas bochechas e se perguntou o que isso significava.

Talvez ela só estivesse um pouco envergonhada com a memória daquela divindade em particular ... ou talvez fosse outra coisa.

"Porque não?" Ele disse a ela, olhando para Lady Yasimina.

Ela evidentemente ouviu parte da conversa e acenou com a cabeça, antes de se virar para o conjunto de garrafas à sua frente.

Ele preferiu pensar que viu um sorriso engraçado e indulgente em seu rosto ao fazer isso.

Ele não tinha certeza do porquê, não havia muitas coisas que poderiam acontecer no curto espaço de tempo que provavelmente estariam na loja, muito menos em uma loja assim.

"Eu sou Jehnna, aliás", disse a vendedora enquanto mostrava a parte de trás da loja, "e você é?"

"Conan. Eu sou um guerreiro."

"Isso explica por que eu não vi você antes. Você passa mais tempo no bairro dos gladiadores, eu acho?"

"Sim, acho que sim", admitiu. Certamente, ele esteve lá ontem, visitando seus colegas soldados e seu centro de treinamento. "Então este é um negócio de família?"

"Não, Dellos é só um amigo do meu pai, mas trabalho aqui há quase dois anos. Ainda moro com minha família, mas eles estão fora no momento, então tenho a casa só para mim."

Ele acenou com a cabeça, sem saber o que dizer sobre isso.

Caminhando bem atrás dela, ele notou a bela curva de seus quadris.

Como ele esperava, sua saia era longa, a bainha logo acima dos tornozelos e suas botas de couro macio escondiam até sua pele.

Ainda assim, a forma de seu corpo era atraente, e ele teve que forçar seus pensamentos de volta para a compra.

Jehnna alcançou uma porta reforçada nos fundos da oficina e a abriu, revelando um espaço estreito de armazenamento além.

A sala era de pedra, como o resto do edifício, delimitada por prateleiras de madeira de um lado que chegava até o teto.

As prateleiras estavam cheias de caixas e artigos diversos, saindo o suficiente para deixar pouco espaço entre elas e a parede posterior.

"Deixe-me pensar ..." disse ela, "acho que eles estão em uma das prateleiras de cima."

Ele subiu uma escada que se movia em corredores ao longo das prateleiras e levantou uma perna em um dos degraus.

Ao fazer isso, sua saia levantou e ela, aparentemente distraída, prendeu-a ainda mais para liberar seus movimentos.

Ele deslizou de volta para o joelho levantado, revelando que suas botas iam até a panturrilha, mas também mostrando um pouco de pele nua do joelho e parte inferior da coxa.

Suas pernas eram finas e bem torneadas, assim como o resto de seu corpo, pele pálida, exceto por uma pequena verruga que ela agora podia ver na parte interna da coxa.

Conan engoliu em seco, mas desta vez não desviou o olhar.

"Você vê algo que você gosta?" Ele perguntou, e agora tinha quase certeza de que ela estava brincando, já que ela ainda não havia mostrado nenhuma joia.

"Talvez", disse ele, evasivo.

Talvez se Jehnna não tivesse o compromisso religioso que seus pais aparentemente pensaram ... isso poderia ser interessante.

"Não sei muito sobre Muriela", disse ela, aparentemente ainda olhando as caixas, "o que você faz em seus cultos de adoração?"

Ele resistiu ao impulso de responder que não era o que ela poderia pensar.

"Não é tão diferente das outras divindades, na verdade", disse ele, "damos graças pela generosidade da deusa, fazemos sacrifícios por itens bonitos. Eles passam água de rosas para purificação, esse tipo de coisa."

Claro, as reuniões sociais que às vezes seguem os serviços religiosos podem ser um assunto diferente, ele pensou silenciosamente, seus olhos ainda bebendo a forma de suas pernas e corpo.

"Você acredita no amor por todos, não é? Isso é um pouco estranho para um aventureiro ... ou você não está com Lady Yasimina?"

"A deusa ensina que o amor é o elo que mantém o universo unido, sim. E Lady Yasimina é uma colega minha, mas ela não é uma adoradora. Não combina com ser uma dama, eu acho. Mulheres amam o poder do Bem, e eles têm um amor por suas comunidades, mas eles o canalizam em direções diferentes das dos seguidores de Muriela. "

Ele não respondeu a sua outra pergunta; a verdade é que fazia parte de sua identidade, não em contradição com sua carreira aventureira, mas também não o ajudava muito nessa faceta.

Ele não tinha as inclinações pacifistas necessárias para ingressar no sacerdócio da deusa.

"E que endereços são esses?" ela perguntou, enquanto levantava uma caixa de uma das prateleiras mais altas e voltava para o chão, sua saia caindo ao redor de seus tornozelos novamente.

Conan não respondeu de imediato, pensando em como estruturar sua resposta.

Ela estava flertando com ele ou as perguntas eram realmente inocentes?

Se, como parecia provável, realmente viesse primeiro, com que força sua resposta poderia ser permitida?

Felizmente, havia muitos aspectos da deusa.

"Acreditamos no amor romântico, em primeiro lugar. Promovemos o casamento, é claro, desde que seja por amor, não por dinheiro ou progresso social. Mas não buscamos restringir o amor entre as pessoas, e pode haver muitas maneiras de conseguir isso respondendo à sua pergunta. "

Ele abriu a caixa e revelou uma série de pequenos pingentes, pingentes e pulseiras, todos decorados com o símbolo da deusa.

A maioria deles era claramente destinada a mulheres, para serem usadas como joias, mas ela logo escolheu uma pequena peça de prata em uma corrente fina.

Enquanto o segurava, ele acrescentou um comentário final, caso ela tivesse uma ideia errada.

"O consentimento mútuo está no cerne de tudo o que fazemos, é claro. Sem ele, não é amor."

Ele colocou a caixa em um espaço livre em uma das prateleiras inferiores.

"Claro", disse ela, com um leve sorriso.

Ela passou por ele, dirigindo-se para a porta.

No espaço apertado, seus quadris roçaram seu corpo, e então ela parou, virando-se para olhar para ele.

Seus seios pressionados contra seu peito; mesmo em um armazém tão apertado, ele suspeitava que ela estava fazendo mais do que o estritamente necessário.

Certamente, a mudança não foi acidental.

"Você precisa me contar mais," ela disse, seu rosto a centímetros dele, seus lábios de rubi o convidando a beijá-los. "Mas não agora; seu amigo está esperando. Talvez você possa vir à minha casa esta noite."

Ela deu a ele seu endereço e Conan concordou em vir.

Esta foi uma reviravolta surpreendente e muito agradável ...

***

Quando ela abriu a porta para sua batida, ela ainda estava vestida com as mesmas roupas da loja.

Desta vez, ele não fingiu que não manteve os olhos em sua figura.

Não havia dúvida de que ela era bonita, e mesmo à luz da lâmpada dentro da casa, ele podia ver que ela estava corada, com um rubor carmesim nas bochechas.

Ela quase parecia nervosa, e ele se perguntou se ela tinha feito algo semelhante antes.

Talvez não; ela disse que seus pais estavam longe, então talvez ela raramente tivesse uma chance como esta.

Era improvável que isso acontecesse com frequência onde ela trabalhava, e ela era muito jovem.

Provavelmente não é virgem, tão ousada como acabou sendo, mas também não tem muita experiência nesses assuntos.

Afinal, ela ainda estava vestida castamente.

"Entre," ele sussurrou, olhando ao redor para se certificar de que ninguém mais poderia vê-los.

Ele entrou rapidamente, e ela fechou a porta atrás dele, encostando-se nela, os olhos agora vagando pelo próprio corpo.

"Muriela acredita no amor livre, não é?"

Conan sorriu.

"Acho que você está bem ciente disso. Muitos preferem se comprometer, mas até agora não tem sido o meu jeito. Então, Jehnna ..." disse ele, sem esconder que estava observando os seios subirem e descerem sob o vestido, "Que aspectos particulares da teologia você gostaria de discutir?"

"Alguns de seus ... atos religiosos são bastante físicos, pelo que ouvi", disse ele, e sua voz ficou rouca. "Para experimentar mais do panteão, acho que realmente deveria experimentar alguns deles. Ishtar, a deusa do coração é muito importante para mim, mas todos os deuses estão relacionados, e deve-se adorar os outros de vez em quando, você não acha? "

"É verdade", admitiu ele, "e Muriela é filha de Ishtar, afinal. Quanto aos atos físicos de devoção, não fazem parte dos serviços religiosos como tais. Mas ainda são um ato de adoração, e agora Estou com vontade de adorar esta noite. E você?

Ele se moveu em sua direção, e ela se moveu diretamente para seus braços.

"Sim, a adoração é boa", ela suspirou, "intensa, física, adoradora."

Ele a abraçou e beijou seus lábios vermelhos, sentindo sua língua deslizar sobre a dela.

Seus lábios eram grandes, carnudos e sensuais, e seu beijo apaixonado, embora não parecesse ter muita prática.

Definitivamente não era virgem, ela decidiu, mas provavelmente era relativamente inexperiente.

Mas ele estava convencido de que não seria mais assim quando a noite acabasse.

Ela se retirou de sua boca, respirando pesadamente.

Seus seios estavam pressionados contra seu peito, e seus braços já estavam em volta de sua cintura fina, enquanto ela rodeava seu pescoço.

Ele estava quase ofegante, seus olhos verdes arregalados de antecipação.

"O quarto é lá em cima", ele conseguiu dizer, as palavras caindo uma sobre a outra.

Ele acenou com a cabeça, então se abaixou para levantá-la abaixo dos joelhos, segurando-a contra seu peito enquanto ele subia as escadas e subia.

Eles se beijaram novamente quando chegaram ao patamar, ele ainda a carregava em seus braços.

Ela acenou com a cabeça em direção a uma das portas, e ele a abriu com o cotovelo.

"Só um momento", disse ele de repente, "acho que Ishtar deveria esperar lá fora."

Ele franziu a testa, sem saber o que queria dizer, mas ela respondeu à sua pergunta estendendo a mão para desatar o cinto, aquele que trazia o símbolo sagrado de sua divindade.

Ele a ajudou a soltá-lo e, em seguida, largou-o, o mais cuidadosamente que pôde com os braços ocupados, em uma mesinha perto da porta.

"Espero que ela não se importe de ouvir", disse ele, fazendo Jehnna corar de novo, e depois deu uma risadinha.

Ele entrou na sala, fechou a porta com o pé atrás de si e, finalmente, a deixou cair no chão.

Ela imediatamente agarrou a camisa dele, puxando-a para fora da calça e deslizando a mão por baixo para acariciar seu estômago.

Ele a empurrou para frente para lhe dar outro beijo prolongado enquanto sua mão lentamente fazia seu caminho, sentindo os pelos em seu peito.

Eles se abraçaram, o braço de Jehnna agora em volta de suas costas enquanto ele segurava sua cintura estreita, empurrando seus quadris na direção dela, pressionando sua ereção crescente contra seu corpo.

Ela se retirou ligeiramente, então usou as duas mãos para levantar a camisa, desabotoando rapidamente o robe.

Ele a ajudou, jogando as roupas em uma pilha no tapete.

Ela sorriu, seus olhos percorrendo seu torso nu, e então ela passou suas pequenas mãos sobre ele novamente, sentindo a forma e a firmeza dele.

Se havia uma vantagem em ser um aventureiro, ele refletiu, era que ele mantinha seu corpo em boa forma física mais do que a maioria dos outros guerreiros.

Mesmo assim Jehnna não se moveu para a cama, pressionando seu corpo contra o dele para outro beijo.

Ela ainda estava totalmente vestida, o tecido macio e aveludado contra sua pele.

Esse vestido agora era um obstáculo, escondendo a maior parte de seu corpo de sua vista.

Ele beijou seu pescoço, ainda segurando-a pela cintura, e mordiscou sua orelha.

Ele moveu as mãos da parte inferior das costas dela, encontrando os laços que prendiam o vestido nas costas.

Eram vários, com atacadores justos, mas ele estava acostumado a esse tipo de coisa, despindo-os um a um, sentindo o algodão leve da combinação com os dedos sob o vestido verde.

Ele moveu seus beijos para o queixo dela, e então de volta para aqueles lábios vermelhos deliciosos, perdendo-se no momento em que separou os laços finais.

Ele não queria estragar o vestido, que parecia ser feito de um tecido valioso, então se afastou dela novamente, segurando-a com os braços estendidos para uma última olhada enquanto ela ainda estava totalmente vestida.

Seu cabelo estava ligeiramente despenteado agora, algumas mechas soltas caindo na frente de seus olhos, apesar do fecho que prendia seu rabo de cavalo.

Ela estava respirando pesadamente, sua boca estava aberta, seus olhos fixos nos dele, como se não tivesse certeza do que fazer a seguir, mas ansiosa para fazê-lo.

Gentilmente, ele se aproximou de seus ombros, puxando o vestido em direção a eles, permitindo que ela soltasse os braços das mangas apertadas, em seguida, deslizando-a pelos lados para descansar em seus quadris.

Por baixo, ela usava uma combinação branca simples, terminando um pouco abaixo dos joelhos, e não mostrando muito de seu decote.

As mangas eram curtas, pouco mais compridas do que os ombros, e ele passou o dedo por um braço, sentindo a pele nua dela contra a dele.

Ela usava um pingente de prata em volta do pescoço, aninhado contra a curva superior de seus seios.

Ele o reconheceu como uma versão simplificada do símbolo de Ishtar e, após a questão do cinto, decidiu não mencioná-lo para ele.

A deusa do coração teve filhos.

Ela não podia se ofender com o método que ele usava.

Ela encostou os braços em seu peito, enquanto ele deslizava as mãos ao longo de sua cintura mais uma vez.

Ele se moveu para cima, o algodão da combinação macio contra suas palmas, e o calor do corpo dela transpareceu nele.

Ele alcançou seus seios, colocando-os através do tecido.

Ele podia sentir seus mamilos endurecerem sob seu toque, e ele olhou para cima para vê-la corar mais uma vez.

Ele a puxou para si mais uma vez, e eles se abraçaram apaixonadamente, ela beijou seu rosto e ele passou uma das mãos pelos cabelos (o rabo de cavalo dela estava ficando mais áspero) e a outra pelas costas dela.

Ela tinha um corpo muito pequeno, exceto pelos seios agora pressionados contra seu peito mais uma vez.

Uma jovem esguia e atraente.

Ele deslizou o vestido que ficava na cintura dela, deixando-o cair naturalmente no chão.

Eles passaram por cima do vestido, finalmente se movendo na direção da cama.

Conan tirou os sapatos e a deitou na cama mais cedo.

Separando-se novamente, mas desta vez ela estava deitada e ele de pé, Conan olhou para o corpo seminu dela, enquanto os olhos dela desviaram para o estômago e depois para a protuberância sob as calças.

A combinação era mais curta do que o vestido longo, mas devido às botas até a panturrilha, apenas os joelhos estavam expostos.

"Deixe-me ver o que a deusa tem a oferecer", disse ele, levantando a bainha da combinação sobre os quadris.

Havia algumas gavetas de algodão largas, nada atraentes e bastante cautelosas por baixo, alcançando o meio da coxa.

Lembrando-se do que tinha acontecido na loja, ela obviamente tinha roubado suas saias pela quantidade de roupas que vestia por baixo.

Bem, havia muita roupa íntima porque seria confortável para ela usá-la ali.

Ele acenou com a cabeça para a dela, e ela levantou os braços, permitindo que ele deslizasse a combinação pela cabeça, agarrando o rabo de cavalo por um segundo antes de jogar as roupas para o lado do vestido.

Agora ela estava apenas vestida com as cuecas e as botas e, ele tinha que admitir, valia a pena observá-la por um tempo vestida assim.

Seu corpo tão jovem era muito estreito e magro como ele sentiu ao acariciá-la, suas costelas claramente visíveis nas laterais de seu peito.

Sua pele era pálida e rosada, evidentemente quando ele raramente via o sol, e fria e macia ao toque.

A magreza da cintura acentuava os seios firmes e jovens, que apontavam para cima, muito eretos e bem arredondados.

Seus mamilos eram de uma cor rosa pálido, projetando-se avidamente.

Ele correu as mãos sobre cada seio, sentindo sua frieza, e então apertou o mamilo direito entre dois de seus dedos.

O pingente caiu sobre seu decote agora, e ele não fez nada para lembrá-la de sua presença.

Ele se inclinou, beijando o topo liso de um seio, depois o outro.

Ele se moveu para lamber seus deliciosos mamilos, mas antes que pudesse, ela se inclinou, beijando a base de seu esterno.

Ele ficou lá, sem se mover, apreciando a sensação de seus seios acariciando sua barriga, mas ela começou a se mover para baixo, desabotoando o cordão de sua calcinha.

Quase apressadamente, ela os abaixou, para que seu pênis ficasse livre.

Eles ficaram ali por um momento, ele se perguntou o que ela faria a seguir.

"Eu acho que este é o presente da deusa para mim?" Ele perguntou, sua voz suave e ligeiramente provocadora.

Ela olhou para ele e ele acenou com a cabeça silenciosamente.

"Então você deve adorá-lo no altar", respondeu Jehnna.

Colocando uma mão gentil em cada quadril, instando-o a fazer isso, ela o virou, até que ele estivesse de costas para a cama.

Ele tirou as calças dos tornozelos e obedeceu, deitado nu de costas diante dela.

Seus olhos estavam fixos em sua ereção, enquanto ela respirava algumas vezes para se acalmar.

Então ele se ajoelhou na frente da cama, inclinou a cabeça para frente e deu-lhe um beijo carinhoso na base de seu pênis.

Ele olhou para ela, ele só podia ver seu rosto deste ângulo, as maçãs do rosto estreitas, o cabelo escuro, os grandes olhos verdes e os lábios vermelhos sexy.

Naquele momento, o fato de que ele não podia ver o resto dela não importava nem um pouco para ele.

Ela separou os lábios e passou a língua ao longo de seu pênis, saboreando suas bolas e depois se movendo em direção à cabeça do pênis.

Ele soltou um suspiro profundo e se apoiou nos cotovelos, observando o rosto dela.

Ela parecia insegura, mas parecia que não precisava de nenhum conselho sobre o que fazer a seguir.

Ela beijou seu pênis, levantando uma mão para segurar suas bolas, massageando-as com seus dedos suaves.

Então ela puxou o prepúcio dele, expondo a cabeça brilhante, e o beijou com os lábios molhados.

Inclinando-se mais para frente, Jehnna abriu a boca, afundando seu pênis aos poucos.

Um gemido escapou de seus lábios, e ela olhou para ele, fazendo cócegas em suas bolas com a mão.

Ela deslizou sua ereção para dentro e para fora, passando a língua sobre o eixo de seu pênis, lubrificando-o enquanto continuava a provocá-lo com os dedos.

No início, foi lento, mas começou a ganhar velocidade, parando ocasionalmente para liberá-lo e empurrando-o novamente.

O rabo de cavalo de seu cabelo balançou contra suas costas, com fios soltos de sua cauda caindo sobre sua barriga e quadris.

Sua mão livre se estendeu para acariciar seu flanco, sentindo a dureza de seu estômago.

Seus olhos verdes fixos nos dele, sua expressão incerta e um pouco nervosa, como se ela não tivesse certeza se estava fazendo certo.

Mas não havia tal dúvida na mente do guerreiro.

Seus lábios e boca eram doces, suaves e o estavam deixando louco; Conan sabia que não aguentaria muito mais desses golpes com a língua e a boca, e se perguntou se ela gostaria que ele gozasse dentro de sua boca.

A sensação era inebriante, juntamente com a forte suspeita de que ele nunca tinha feito isso em particular antes.

Sua própria respiração estava difícil e rápida agora, enquanto ele tentava evitar o clímax muito cedo.

Ou ela queria provar seu leite?

Ele não tinha certeza.

Ela deu um último gole, empurrando seu pênis o mais longe que pôde em sua boca, então o liberou, sua saliva agora brilhando ao longo de todo o seu comprimento.

Ela lambeu um dedo e sorriu para ele, seus dentes brancos.

Ela se levantou, e seu olhar se moveu primeiro para seus seios, e então para aquela calcinha longa que ainda escondia muito de sua vista.

Obviamente ela tivera o mesmo pensamento, já que, em um único movimento, ela os abaixou e se jogou na cama ao lado dele.

Seu tufo escuro era ralo, quase sem cabelo, e ele podia ver algumas gotas de umidade entre suas pernas.

O golpe de seu pênis a excitou profundamente, parecia.

Tanto melhor, ela pensou, levando a mão ao queixo e beijando-a mais uma vez, suas línguas entrelaçadas, o gosto de seu pênis ainda em sua boca.

Ele apertou seus seios, apreciando a firmeza juvenil deles.

Desta vez, ela permitiu que ele a beijasse ali, chupando seu mamilo esquerdo com a língua, massageando sua língua e, em seguida, abrindo a boca para pressionar o máximo de seu seio nele quanto pudesse.

Ela gemeu e se contorceu embaixo dele enquanto ele se movia para o outro seio.

Ele soltou seus seios e deu-lhe um beijinho ao lado do pingente religioso, desafiando-a a responder.

Ela engasgou, como se de repente tivesse percebido, mas então ela simplesmente pegou sua cabeça em suas mãos e o beijou apaixonadamente.

"Espero que a deusa goste de ver isso, mesmo que não seja a maneira de fazer filhos" disse Conan enquanto guiava a cabeça de Jehnna de volta para seu membro.

Jehnna olhou para ele entre divertida e lasciva quando chupou seu pau com a boca novamente e passou a mão entre suas bolas novamente.

Agora, se você tinha certeza de que queria que acabasse na sua boca.

Ele sentiu que o novo boquete que Jehnna estava dando, sem parar, o faria terminar a qualquer momento a outro sem remédio.

A sucção de sua boca estava ficando cada vez mais rápida e as carícias nas bolas cada vez mais divertidas para ela.

E ela não parava de olhar em seus olhos enquanto ele chupava, o que o excitava ainda mais.

Ele sentiu o leite começar a subir pela haste de seu pênis até a boca de Jehnna.

Ela também deve tê-lo sentido com a mão em suas bolas porque parou de tocá-las e se concentrou em receber seu leite, segurando o pau agora com as duas mãos e parando de chupar para abrir bem a boca e deixar o sêmen cair dentro dela.

Ele o sentiu esvaziar-se completamente em sua língua, boca e parte de seu rosto.

Ele se inclinou para trás para ver como ela engolia o sêmen enquanto uma parte do leite caía de seus lábios e rosto em direção a seus lindos seios.

Ela estava lambendo os lábios com um sorriso malicioso e lascivo que começou a excitá-lo novamente.

Ele percebeu como seu pau estava ficando duro novamente.

Então ele deslizou a mão entre as pernas dela, percebendo como o segundo boquete a deixou ainda mais molhada do que antes.

Sua boceta estava quase encharcada de sucos e era quente e aconchegante e macia ao seu toque.

Ela estava pronta, pronta para o ato final de devoção.

Ele se levantou da cama, observando-a rolar de costas, seu olhar ligeiramente questionador.

Ele percebeu que ela ainda estava usando suas botas, o couro marrom macio cobrindo a maior parte de suas panturrilhas.

Isso não importava.

Ele abriu as pernas dela e a deslizou para a beira da cama.

Ele se abaixou e correu um dedo por sua boceta, separando seus lábios macios, vendo a umidade rosa dentro dela.

Ela engasgou, seu corpo tremendo, e ele agarrou suas coxas, levantando suas nádegas.

Suas pernas montadas em seu peito, suas botas em seus ombros, sua boceta espalhada diante dele.

Com um movimento repentino, ele empurrou para dentro, fazendo-a gritar de prazer.

Uma e outra vez ele empurrou, segurando suas coxas firmemente contra seu corpo.

Ela gemeu e engasgou, seus quadris bombeando em resposta aos seus impulsos, seus seios saltando para frente e para trás com a força de seus esforços.

Ele continuou, empurrando com mais força, começando a gemer agora que os gritos de Jehnna encheram a sala.

Seus olhos estavam bem abertos, focalizando os dela, seu peito arfando enquanto ele continuava se movendo, o pingente caído de lado agora, preso no suor de sua paixão.

Com um último empurrão, ele empurrou em sua boceta, gritando seu nome enquanto sua semente quente derramava dentro dela.

Seu corpo inteiro se convulsionou quando sua vagina se contraiu, as ondas de seu orgasmo crescendo sobre ela.

O maior presente de Muriela para a humanidade.

CAPÍTULO VI
ZULA

"Eles representam uma grande ameaça para a cidade", disse Valeria, colocando os velhos pergaminhos sobre a mesa.

Eles se reuniram na sala de jantar da villa, a mando do elfo.

Conan rapidamente percebeu que tinha algo importante para contar a eles, algo que havia encontrado recentemente em alguns documentos antigos.

Mas para ele, parecia muito cedo para sair em outra expedição.

Eles mal haviam retornado do último.

Alguns aventureiros passaram a vida inteira explorando ruínas antigas, mas não era assim que se vivia.

De que adiantava ganhar tanto dinheiro e tesouros se você nunca tem tempo para gastar e se divertir?

Claro, havia algumas pessoas que eram totalmente dedicadas a lutar contra o mal, que nunca descansavam na batalha, e isso era admirável, mas ele não era um guerreiro sagrado.

No entanto, ele tinha certeza de que Valeria não os convocaria sem um bom motivo e estava disposto a ouvir o que ela tinha a dizer.

A feiticeira élfica era inteligente, uma amiga leal e não alguém que se aventurava de forma imprudente.

Se ela pensava que algo era importante, provavelmente era.

E uma ameaça à cidade, ele tinha que admitir, certamente seria um grande negócio.

E Valéria, além de inteligente, também era muito bonita, mesmo, e se fosse outra pessoa já teria feito todo o possível para dormir com ela há muito tempo.

Mas havia regras não ditas que ele considerava sábio obedecer.

Ele nunca tinha dormido com outro membro do grupo, e nunca teve a intenção.

Isso criaria muitas complicações e até riscos, dada sua perigosa ocupação.

Havia muito mais mulheres no mundo e, além disso, ele passara a pensar no grupo quase como sua própria família.

"São o relato de um grupo de aventureiros, centenas de anos atrás", Valeria estava explicando, "mas, infelizmente, estão incompletos. Existem alguns mapas, mas não há indicação de onde exatamente os lugares mostrados neles poderiam estar. além do fato de que eles estão no subsolo, em algum lugar abaixo desta cidade. "

Conan concordou.

"A cidade atual foi construída sobre as ruínas de uma muito mais antiga, é verdade. Mas não resta muito disso, e nada no solo. No entanto, considerando há quanto tempo Tarantia está aqui, qualquer coisa embaixo foi totalmente explorado há muito tempo. "

"Talvez", respondeu Valéria, "mas e se algo fosse modificado em uma data posterior? As ruínas antigas, como estão, devem ter sido seladas. Não saberíamos muito sobre elas. Claro, isso não é seguro. É provavelmente há muitas viagens no caminho para o objetivo, mas isso não significa necessariamente que não haja nada lá embaixo. E certamente esses velhos aventureiros encontraram algo. Não está muito claro o que é, exceto que parece atrair monstros e como indica, ou assim eles acreditavam, se se tornasse poderoso o suficiente, iria subir das profundezas e assumir o controle da cidade. Eu acho que eles se referem a algo infernal, é mais provável, mas com os documentos tão incompletos quanto são, isso é apenas um suposição. "

"Mas ele não conquistou a cidade", observou Zula, "ou não estaríamos aqui. Qual é o problema?"

"Não, ele não fez isso, porque eles o pararam. Mas, pelo que eu posso dizer, eles não o mataram, eles apenas o selaram em algo, proteções de algum tipo para impedir sua fuga. O que, de sua perspectiva, era mais do que suficiente. Mas os feitiços não duram para sempre, e o mago do grupo parecia pensar que eles enfraqueceriam depois de alguns séculos. O que nos leva aos dias de hoje. "

Yasimina, que certamente estava animada com isso, se inclinou para frente em seu assento.

"Você acha que a ameaça pode estar ativa novamente agora ou muito em breve?" Então ele parou por um momento, franzindo a testa ligeiramente, "Mas por que você não explica isso claramente? Se eu prendesse um demônio em uma cripta abaixo da cidade e soubesse que ele escaparia, mesmo que fosse daqui a quinhentos anos, eu teria certeza disso. deixe um aviso muito claro para as gerações futuras e não diga que existe um perigo escondido em algum lugar subterrâneo. "

Valeria suspirou: "Concordo, e receio que mais uma vez a incompletude dos documentos torne difícil dizer por que não o fizeram. É evidente que sofreram muitas baixas, parece que apenas dois deles sobreviveram, incluindo o autor deste diário. No entanto, tenho a impressão de que podem ter sido expulsos da cidade, sem poderem deixar qualquer tipo de aviso claro, exceto este ".

"Muito bom", disse Yasimina, assumindo repentinamente um papel empresarial, "vamos supor que acreditamos nesta história. O curso de ação óbvio seria alertar as autoridades. Esperançosamente, eles nos contratariam para lidar com a ameaça, e teríamos muito mais apoio disso. Então, se fizéssemos sozinhos. E, pelo que posso ver, não há motivo óbvio para lidarmos com isso sozinhos. É difícil pensar que esta poderia ser uma expedição típica. Mas se eles nos ignoram, temos que pensar sobre outra abordagem ".

"Não podemos fazer isso", disse Valéria, balançando a cabeça, "essa coisa, seja lá o que for, tinha a capacidade de influenciar as pessoas em toda a cidade. Há passagens escritas aqui que dizem que aventureiros correm grande risco até quando estão na cidade, pois os servos do ser sabiam deles e agiram. É óbvio que, naquela época, esses servos estavam até mesmo dentro da prefeitura. Agora, pode não ser, que Isso aconteceu apenas uma vez ou pode ter se espalhado muito e ainda há servidores ocultos na cidade. Mas não podemos saber com certeza, então acho que devemos manter isso o mais escondido possível até sabermos mais. Eu acho temos que investigar isso, e mais cedo ou mais tarde, e quanto menos pessoas souberem sobre isso, melhor. "

Yasimina recostou-se na cadeira novamente, perdida em pensamentos.

Conan decidiu que era melhor deixá-la pensar.

Ela era a líder do grupo, pelo menos de uma forma silenciosa, e ele respeitou suas decisões.

Por fim, o paladino falou.

"Poderíamos investigar, como você diz. Vamos começar descobrindo como entrar no que está abaixo da cidade. Podemos fazer isso sem que as pessoas descubram nosso verdadeiro propósito, com certeza. Alguém tem alguma sugestão sobre por onde começar?"

"É possível", disse Snagg, falando pela primeira vez, "eu ..."

***

Acontece que Zula não era necessário para a primeira parte da missão na busca de informações.

Assim, tendo pela frente uma tarde livre, e tendo pensado antes nas grutas e fontes termais da cidade, resolveu tomar um banho.

Deixando Snagg e os outros planejarem o curso da ação, ela tiraria um tempo para relaxar.

Ele entrou em seu quarto, fechando a trava para sua privacidade.

Assim que o fez, as memórias daquela noite de não muito tempo atrás a encheram novamente.

Yakin estava em outro lugar da aldeia na época e, naquela noite, tudo o que ela conseguiu fazer foi espioná-lo.

Não era como se houvesse alguma chance real de obter intimidade física com ele; suas respectivas raças eram uma barreira tão grande como sempre, e nada mudou desde então.

Na verdade, ela esperava que ele nunca soubesse o que ela tinha feito.

Em muitos aspectos, era uma traição, e nem mesmo uma que ela pudesse começar a explicar a alguém, muito menos a ele mesmo.

Mas, se nada realmente mudou do ponto de vista de Yakin, era diferente para ela.

Muitas vezes ela tinha imaginado isso muitas vezes antes, do que poderia acontecer se ele fosse um goblin como ela.

Essas foram fantasias agradáveis, mas as fantasias eram tudo o que eram e sempre seriam.

Ela não tinha ouvido falar de magia que pudesse fazer isso, e mesmo se fosse possível, era difícil imaginar por que Yakin estaria disposto a se submeter à transformação.

Ele provavelmente gostava de ser humano, afinal.

Mas agora, desde aquela noite, ela sonhava mais com ele.

Era realmente ridículo.

Então ela o viu nu?

Era realmente tão diferente de como ele havia imaginado, que agora seus pensamentos deveriam estar cheios de desejo?

No entanto, foi isso que aconteceu.

A parte que tentou ignorar, ele pensou, enquanto tirava as botas e mergulhava um pé na água quente do banho para verificar a temperatura da água, era, como sempre tinha sido, a incompatibilidade de tamanho.

Fora isso, humanos e goblins pareciam iguais.

Afinal, era para isso que ela o queria.

Mas, se Yakin tinha algo parecido com um goblin, ele era gigantesco em estatura de sua perspectiva.

Com, como ela já sabia, um pênis totalmente proporcional.

Ela podia imaginá-lo parado ali na frente dela, como ele estava antes do banho naquela noite, derramando suas rédeas e seu pau duro brotando livremente em seu rosto.

Ela balançou a cabeça, empurrando a imagem para fora de sua mente.

Isso só serviu para lembrá-lo do abismo entre eles, e não serviria para me preocupar com isso.

Deveria haver um espelho no banheiro, ela refletiu, enquanto tirava o robe da cabeça e o colocava na mesinha de canto.

Mas não havia, e ela tinha que se imaginar como ele a veria.

Ela passou as mãos pelos lados do corpo.

Ela era magra o suficiente, com uma barriga lisa e quadris femininos.

Certamente então, ela não pareceria muito infantil para ele?

Ela segurou os seios, sentindo a forma deles.

Certamente, não há nada como uma menina ali, embora ela não pudesse dizer que tinha um peito muito exuberante.

Claro, ela não tinha ideia do que Yakin preferia nas mulheres.

Se ele tinha namorada, ela não sabia de nada.

Ele esperava que não, embora esse desejo fosse egoísta e fútil; ela só não queria imaginá-lo com outra pessoa.

Ela beliscou o mamilo rosa, mas retirou a mão.

Talvez não fosse a hora nem o lugar.

Ela havia trancado a porta, mas os outros não estavam longe, discutindo coisas sobre as catacumbas abaixo da cidade, sem dúvida.

Você deveria tomar um banho e acabar logo com isso, e talvez ir para a cama depois.

Ele tirou as roupas restantes de maneira profissional, arrumou-as cuidadosamente, pegou uma toalha e parou na beira do banheiro.

Claro, a banheira de pedra era grande, destinada a humanos, não goblins ou anões.

Era forrado de mármore, com canos embaixo que ligavam às fontes termais, mantendo a água quente, embora, felizmente, nunca atingisse temperaturas muito altas, e havia algum charme para evitar isso, pensou ele.

Uma saliência de um lado permitiria que você se sentasse, ao invés de ter que usar o local como uma pequena piscina, já que você dificilmente poderia se deitar no fundo.

A água ondulou, permitindo um reflexo distorcido de seu corpo.

Não é tão bom quanto um espelho, ele pensou novamente.

De qualquer forma, tudo o que ele fez foi trazer pensamentos de Yakin à sua mente mais uma vez.

Ela olhou para si mesma.

Ele tinha coxas boas, pensou, bem constituídas em vez de muito gordas ou muito magras.

Sua barriga era estreita e com pelos encaracolados escuros contra a pele pálida de seus quadris.

Ela era uma mulher, uma mulher adulta.

Mas mesmo se ele pudesse vê-la nua, era assim que ele pensaria nela, ou como uma estranha figura de boneca?

Ela entrou na água, sentou-se na borda, saboreando o calor e a umidade contra sua pele, apreciando a sensação.

Ele inclinou a cabeça contra a borda de pedra, o nível da água subindo logo abaixo de seus ombros.

Ela pegou o sabonete perfumado na toalha, molhou-se com a água e começou a ensaboar.

A princípio, ela conseguiu ignorar os pensamentos de Yakin, deitado na mesma piscina, mesmo usando o mesmo sabonete, mas conforme ela descia para ensaboar os seios, seus mamilos se endureceram involuntariamente, imaginando como seria a sensação de suas mãos acariciando-a.

Droga, isso não estava levando a lugar nenhum.

Ela também podia ceder aos pensamentos, aliviando sua tensão da única maneira possível.

Ele queria se libertar, mas não conseguia livrar sua mente da distração até que ela o fizesse.

Maldito Yakin, por que um homem humano tem que ser tão bonito?

Ela colocou o sabonete de volta na toalha e colocou as mãos entre as pernas.

Ela suspirou, uma leve respiração passando por seus lábios.

Isso era bom; era disso que ela precisava.

Sob a água, ele deslizou um dedo em sua boceta, movendo-o para esfregar contra seu clitóris.

Ela fechou os olhos, imaginando Yakin na frente dela, do tamanho de um goblin.

O que ele faria se fosse um duende e estivesse no banheiro com ela?

Teria que estar no fundo, é claro.

E então, sim, ele a beijaria e esfregaria seus seios.

Ela moveu a mão livre para senti-lo, deslizando o mamilo entre dois de seus dedos.

Então ele a levantaria, quadris a quadris, com as pernas em volta daquelas coxas firmes, e a penetraria.

Ela empurrou o dedo ainda mais fundo junto com seus pensamentos, deslizando-o para dentro e para fora em um ritmo lento.

Ela lambeu os lábios, imaginando o gosto de sua boca, como seu peito se sentiria contra o dela, fingindo que o calor do banho era o calor de seu corpo.

Ele manteve os olhos fechados, não querendo estragar a imagem com um vislumbre do quarto vazio, e continuou explorando sua boceta.

Seria suave e lento, seu jeito usual de ser, atencioso e calmo, sempre alimentando seu êxtase.

Sendo elfo em suas fantasias, ele poderia fazer isso com ela, mas como humano, nunca.

Inesperadamente, uma imagem surgiu em sua mente.

Yakin, em tamanho real agora, curvando-se, segurando-a contra seus quadris, agarrando-a por trás, seus calcanhares batendo em seus joelhos.

O pensamento foi repentino, chocante, e ela se perguntou brevemente de que parte de sua mente teria vindo.

Ele sabia que parte dela o queria como um ser humano, até o queria duro, dominado pela luxúria, transando com ela.

Ele enfiou um segundo dedo em sua boceta, sua respiração mais forte agora, e ele torceu um mamilo com a mão livre, apreciando a leve dor enquanto o fazia.

Sim, ela queria transar com ele!

Ela tentou recuperar a imagem dele como do tamanho de um duende, mas o pensamento de seu enorme pênis ereto a oprimiu, embora ela nunca o tivesse visto em tal estado.

Quão grande seria, ele se perguntou brevemente?

Seis, sete polegadas?

E, boa deusa, que tal a espessura?

Ela gostaria de ter trazido algo com ela ... algo com uma alça, talvez ... algo, qualquer coisa, com o qual ela pudesse testar sua tolerância.

Mas ela não tinha, e se tivesse, dificilmente seria o mesmo que a sensação de um bom pau vivo batendo nela.

Ela mordeu o lábio, desejando não gritar, os outros estavam apenas um ou dois quartos de distância.

Seu corpo arqueou contra a pedra, deslizando ligeiramente sobre a saliência, seus quadris se movendo reflexivamente em contraponto aos dedos dele.

Ela não se importava se Yakin era humano ou goblin agora, ela só queria seu pênis dentro dela.

Ele considerou brevemente sair do banheiro, encontrar uma superfície mais seca e menos escorregadia para se apoiar, mas era muito longe para isso ser uma opção agora.

A água derramou contra seus ombros e ela mordeu o lábio com mais força.

Seu clitóris estava em chamas ... a qualquer ... momento ... AGORA ...

Ela convulsionou, deixando escapar um pequeno gemido involuntário quando o calor branco tomou conta dela.

Enquanto ela fazia isso, suas nádegas, já em uma posição instável na prateleira, deslizaram livremente, puxando-a para baixo da água enquanto suas pernas desabavam sob ela.

Um momento depois, ele empurrou a cabeça para a superfície, segurando a saliência com a mão esquerda.

Ele ficou assim por um momento, ofegante, os olhos arregalados em um brilho pós-gasoso.

Por fim, ela afastou o cabelo molhado do rosto, jogando-o para trás e se espirrando com a água novamente.

Zula deixou escapar um longo suspiro de pura felicidade.

Isso tinha sido bom.

Muito bom ...

CAPÍTULO VII
CASSANDRA

Cassandra acordou quando o sol começou a afundar no céu, lançando sua luz laranja do pôr do sol através da janela estreita de seu apartamento.

Ele havia dormido grande parte do dia, o que não era incomum.

Ela preferia a noite mais do que o dia, pois quando a luz do sol era forte as coisas que podiam ser feitas eram muito visíveis e ela não gostava disso.

E, além disso, à noite, ela podia ver melhor do que os humanos, ou mesmo elfos, permitindo que ela visse sem ser vista.

Isso era prático, especialmente considerando suas ações delicadas escolhidas para negócios, mas também havia, ele pensou, mais beleza à noite.

Os céus de Tarantia costumavam ser claros, uma vantagem de seu ambiente árido, que permitia que as estrelas e luas brilhassem em meio à escuridão aveludada.

E a escuridão era muito mais bonita do que a luz do dia.

A maneira como as coisas encolhia nas sombras as tornava de alguma forma mais limpas, mais puras do que eram quando a luz do sol expôs sua realidade.

Sua herança diabólica também poderia ser relevante, é claro.

Ele deslizou para fora da cama, colocando os lençóis finos no lugar, e se vestiu rapidamente.

Ela não tinha uma grande variedade de roupas, apenas peças de reposição o suficiente para se certificar de que algumas estivessem sempre limpas, e seus gostos eram simples e práticos o suficiente.

Talvez se, um dia, seu trabalho a levasse a uma festa bem vestida da classe alta, ela pudesse ter que comprar um vestido caro, mas a ideia não lhe agradou.

Então, ele vestiu algumas tiras de couro justas e um pedaço de pano com uma camisa de algodão sem mangas.

As roupas mostravam sua figura, fazendo-a parecer mais bem formada e atraente do que ela mesma se imaginava.

Em seus próprios pensamentos, suas deformidades geradas pelo inferno eram tudo o que realmente importava.

Depois de calçar as botas até a panturrilha, ela parou para se olhar no espelho e afrouxou o cabelo emaranhado para esconder os chifres da melhor maneira que pôde.

Com eles escondidos, ela parecia tão humana como sempre, com um rosto oval pálido e cabelos castanhos na altura dos ombros com um toque ruivo.

Seus olhos a denunciavam, entretanto, porque sua tonalidade avermelhada escura não muito natural era facilmente visível para qualquer um que se aproximasse dela.

Ela tentou não deixar isso acontecer com muita frequência.

Satisfeita com a aparência, ajustou o cinto e colocou a capa preta com capuz que era sua melhor proteção para não ser vista com clareza, e saiu da sala, armando a armadilha do dardo venenoso que sempre deixava na fechadura, se por acaso.

Havia apenas uma escada estreita no patamar, levando a outros andares até o nível da rua.

Era uma parte pobre da cidade, porque era difícil para ele viver em um lugar mais saudável.

Um dia, talvez, o dinheiro que ela ganhou lhe permitiria um lugar melhor, mas teria que ser muito particular, e ela sabia que nunca poderia se permitir o tipo de discrição que Lady Gedren precisava para viver como uma negociante elfa negra em uma cidade humana.

Esse costumava ser o jeito dos demi-demônios.

Quando ele saiu do prédio, o sol já estava se pondo abaixo do horizonte e as sombras já começavam nas ruas.

Ela havia aprendido o que podia sobre os aventureiros de quem Gedren queria que ela roubasse.

O suficiente para saber que enfrentá-los de frente não era uma proposta sensata, mesmo que essa fosse sua preferência.

Não foi surpreendente, já que os aventureiros estavam entre os oponentes mais mortais.

Supondo que eles tenham sobrevivido às primeiras expedições, apenas com isso, eles já teriam enfrentado mais horrores do que a maioria das pessoas enfrentaria na vida, e viveram para contar a história.

Sem mencionar a pilhagem mágica útil que eles teriam conseguido obter.

Não, o combate direto não era uma opção.

Mas ela já sabia: ela só precisava confirmar.

A próxima questão era a segurança da sua casa, quão fácil ou difícil seria entrar e sair sem ser detectado.

Era uma pena que eles não estivessem apenas morando fora de uma pousada, como muitos viviam, mas fossem muito inteligentes e bem-sucedidos para isso.

Então, esta noite, ela aprenderia o que pudesse com sua aldeia.

***

Ele ficou nas sombras o máximo que pôde, o que foi facilitado pela calada da noite.

A maioria das pessoas na vizinhança sabia o suficiente para não comentar sobre sua habitual capa com capuz e, além disso, ela não era a única pessoa que queria evitar atenção de qualquer maneira.

Em geral, não foram feitos muitos comentários sobre os transeuntes nesta parte da cidade.

Mesmo assim, ele se esgueirou pelos becos assim que pôde, atravessando energicamente as passagens que lhe eram familiares desde a infância.

***

Ela os viu com bastante antecedência, é claro.

Na verdade, ela provavelmente os tinha visto antes que eles a vissem.

Mas ela havia pensado pouco neles, apenas dois recém-chegados à cidade, perdidos nas ruas secundárias.

E eram nitidamente recém-chegados, pelo estilo de vestir, e ainda com a poeira da viagem nas roupas.

Eles estavam emaciados, um pouco dilacerados, claramente tendo passado por momentos difíceis, como muitos haviam feito por aqui.

Talvez estivessem procurando uma pensão barata ou mesmo um apartamento coberto para passar a noite.

Um deles apareceu de repente na frente dela, bloqueando seu caminho.

Seus olhos dispararam em aborrecimento, porque ele era cerca de cinco centímetros mais alto que ela.

Ela notou o cabelo liso e a barba por fazer no queixo, as narinas invadidas por um cheiro de suor e sujeira misturado com uma pitada clara de um pouco de álcool.

Ele segurou uma faca em uma mão, apontando para ela.

"Seu dinheiro, agora," ele exigiu, o cheiro de álcool fresco em seu hálito.

"Eu acho que não," ela disse calmamente, sua mão já se movendo disfarçadamente sob a capa.

Ele sustentou seu olhar, ou muito bêbado ou muito estúpido para ler o olhar em seus olhos, ou para notar sua cor não natural.

Ou talvez estivesse muito escuro para eles.

Sua amiga já estava circulando atrás dela, cortando sua rota de fuga.

Muito ruim para eles.

"Oh, você vai", disse ele, "e talvez outra coisa, hein?" Ele riu, seu sorriso mostrando dentes quebrados e manchados.

A mão de sua faca ainda estendida para ela, estendeu-se para tentar agarrar seu seio com a outra.

Sua resposta foi extremamente rápida, agarrando a mão da faca com a esquerda e torcendo-a com força.

Sua própria mão direita saiu de debaixo da capa, mergulhando a faca sob o esterno, cravando-a até o cabo.

Ele engasgou, mas não gritou, apenas emitindo uma rajada de mau hálito.

Ele se inclinou para trás, cambaleando, de olhos arregalados, e olhou para a mancha que crescia rapidamente na frente de sua camisa.

Ela já havia largado a faca e se virado para o outro atacante.

Ele nem mesmo se moveu, não fez nada, aparentemente tão congelado e chocado quanto seu parceiro.

Ele olhou para a faca, ainda pingando sangue, e depois para Cassandra, seu rosto uma máscara de mal-entendido.

O idiota merecia morrer, ela pensou.

Mas em vez disso, ele se virou e fugiu, correndo noite adentro o mais rápido que suas pernas podiam.

Ela nem se incomodou em persegui-lo; ele não teria amigos aqui, e não havia sentido em desperdiçar sua energia.

Atrás dela, houve um baque quando o primeiro homem caiu no chão.

Ela se virou para olhar e o viu ofegando como um peixe fora d'água, tentando conter o fluxo de sangue enquanto estava deitado no chão no beco de terra.

Ele estava morrendo, isso estava claro.

Mas não rápido o suficiente.

Ela se ajoelhou na frente dele, observando por um ou dois segundos enquanto ele tentava escapar e cobrir o ferimento ao mesmo tempo.

Ele olhou para ela, implorando, mas ela simplesmente usou a adaga novamente, cortando a garganta.

Sua cabeça caiu para o lado e seus olhos ficaram vidrados.

Ela limpou a espada com as roupas, embainhou-a novamente e deu um passo cuidadoso para evitar colocar os pés na poça de sangue, passou por cima do cadáver dele e desceu o beco.

Ela não podia perder muito tempo com isso, afinal, ela tinha negócios a tratar.

***

A villa era uma típica mansão de dois andares, com duas longas alas que se estendiam de cada lado de um pátio murado.

Como muitos outros edifícios nesta parte da cidade, o telhado tinha um topo plano, embora duas pequenas cúpulas de cobre estivessem nos cantos onde as alas se juntavam ao edifício principal.

Ela deveria ter cuidado, pois ela não queria chamar muita atenção para si mesma nesta parte mais rica da cidade.

Deixar um cadáver aqui tenderia a atrair muita atenção, algo que ela queria tentar evitar, afinal.

No entanto, ele logo pôde confirmar que as janelas do andar térreo tinham fortes grades de ferro que impediam a entrada de qualquer coisa com mais de cinco ou sete centímetros de largura.

Eles também tinham cortinas, que certamente fechariam mais tarde.

As paredes eram íngremes, o que tornaria impossível subir até uma janela de cima ou até o teto sem uma garra ... mesmo assim, um grampo era algo a se considerar.

Mais útil, entretanto, seria uma pequena visão de como o grupo passou os dias e as noites aqui.

Qual a probabilidade de a casa estar vazia, por exemplo?

O melhor de tudo seria ter uma ideia de onde guardavam seu tesouro quando não o estavam usando.

Devia haver um cofre em algum lugar, e obviamente seria preferível se ela não tivesse que procurar em toda a aldeia para encontrá-lo.

Claro, ele pensou com tristeza, qualquer chance de eles espalharem informações sobre isso era realmente limitada.

A luz do poste de luz espalhou-se pelo pátio e escada acima da villa.

Muitas pessoas foram dormir assim que escureceu, e o crepúsculo já estava se aprofundando além do ponto de qualquer humano ler sem ajuda.

Ou faça outra coisa sem uma fonte de luz, por falar nisso.

Mas os aventureiros ainda estavam ativos.

Em seu segundo passo através dos portões do recinto murado, ele chegou o mais perto que ousou sem ser muito óbvio, e ouviu o som de uma conversa de dentro.

Portanto, pelo menos alguns deles estavam no pátio agora, não no prédio.

E isso deu a ele uma ideia.

Ele olhou para os prédios vizinhos.

Como a villa em si, a maioria tinha dois andares, o que significava que do segundo andar você deveria ver por cima do muro do pátio.

As ruas estavam vazias, mas ainda assim, Cassandra foi cuidadosa ao deslizar pelo beco atrás do que parecia ser uma casa normal.

A casa estava às escuras, ou não havia ninguém em casa ou eles já haviam se retirado para a cama, e qualquer um dos casos serviria para seus propósitos.

Olhando ao redor para se certificar de que estava sozinha, ela subiu em uma janela do andar de baixo, agarrando o lintel acima dela.

Movendo-se silenciosamente, mas com confiança, ele se encostou na parede.

Felizmente, era ornamentado o suficiente para não ser uma grande dificuldade para alguém com experiência escalá-lo, ao contrário das paredes lisas da própria villa.

No primeiro andar, assim que chegou à beira do telhado plano, ele congelou ao ouvir sons de dentro.

O lugar pode não estar tão vazio quanto ela pensava.

"Senhor Imp", disse uma voz de mulher em um jeito obviamente falso de menina, "não sei se deveria me molhar aqui. E se você pudesse ver certas coisas?"

A maneira como ele falava deu a Cassandra a impressão de que ele poderia estar falando com um gato ou outro animal de estimação, e o nome ridículo corroborou essa teoria.

Mas em vez disso, uma voz masculina respondeu:

"Oh, mas eu prometo a você que não vou olhar para nada que você não queira que eu veja."

"Por mais que você não faça nada de errado ... seria muito emocionante!"

Cassandra soltou a respiração quando as duas pararam de falar e entraram no que provavelmente era um quarto.

Eles não pareciam ir para o teto, que era tudo o que importava.

Ela pensou brevemente em escolher outra casa, mas era um pouco tarde para isso.

Com o casal seguro fora do alcance da voz, ele subiu até o topo do prédio.

O telhado, como tantos outros, era plano, com um muro baixo ao redor e uma escotilha que levava à própria casa.

Ela tinha certeza de que os habitantes tinham ido para o canto oposto da casa e esperava que agora eles fossem dormir, deixando-a segura.

Com uma cautela quase felina, ele atravessou o teto e se deitou do lado que dava para a villa, olhando por cima da parede, que tinha apenas 20 centímetros de altura.

Ela estava na escuridão e a aldeia iluminada; era improvável que eles pudessem vê-la dali, mesmo que estivessem olhando exatamente em sua direção, o que não tinham razão para fazer.

Ele podia ouvir risos lá embaixo, interrompendo de vez em quando para a mulher irritante fazer algum comentário idiota ou outra coisa.

Esperava que logo calassem a boca, ou pelo menos que a mulher o fizesse, porque parecia ser ela quem mais falava, já que, nesse caso, poderia até ter a oportunidade de ouvir uma conversa da villa.

Mas ele tinha que ouvir com atenção e, para isso, precisava de pelo menos algum silêncio.

Os aventureiros estavam claramente jantando ao ar livre.

Eles tinham uma grande mesa posta no pátio, com cadeiras ao redor, e várias lanternas penduradas nas paredes.

Obviamente, eles haviam acabado de comer e, enquanto ela observava, um jovem criado estava tirando a louça.

Ele pode ser um problema; ele provavelmente estaria na aldeia mesmo quando eles estivessem fora.

Claro, não seria muito difícil para ela lidar com isso se tivesse que lutar com ele, mas isso complicaria as coisas, e ela preferia evitar se pudesse.

Afinal, ela não gostava de deixar um rastro de corpos atrás dela, mesmo que às vezes fosse necessário.

Havia mais pessoas no pátio do que ela sabia que o grupo consistia, o que sugeria que eles tinham convidados.

Três dos aventureiros ela identificou imediatamente.

O anão deve ser Snagg e Zula, a goblin.

O belo homem de cabelos escuros e barba curta era provavelmente Conan e, além disso, ele era o único que, além de Snagg, não usava nenhum tipo de uniforme.

Os outros, porém, eram menos fáceis de identificar.

Ela também estava procurando, pelo que sabia, por uma feiticeira élfica e um paladino humano, ambas mulheres.

No entanto, com azar, as seis pessoas restantes ao redor da mesa incluíam quatro mulheres, dois elfos e dois humanos, enquanto os outros dois convidados eram homens.

Os homens que ela já poderia descartar de qualquer maneira, primeiro porque eles eram homens, e segundo porque ambos estavam vestidos com os uniformes da Igreja de Ymir, o deus da honra, um um cavaleiro e o outro um clérigo.

Eles tinham que ser amigos de Lady Yasimina, a paladina e líder do grupo, e ela sabia que eles não moravam aqui, então não eram uma preocupação imediata.

Ambas as mulheres humanas tinham cabelos claros e usavam vestidos elegantes.

Uma tinha que ser a própria Lady Yasimina, mas no momento, ela não sabia qual era qual.

Um dos elfos tinha longos cabelos loiros, e o outro tinha cortado perto da nuca, mas ela não tinha uma descrição precisa o suficiente de Valeria para ajudá-la.

Nem as roupas dela ajudaram, já que qualquer uma delas poderia ser uma feiticeira ...

Valeria estaria vestida com um traje tradicional para os elfos ou um vestido branco simples no mais puro estilo humano?

Não havia como saber.

"Oooh, senhor Imp!" A mulher gritou lá de baixo, obviamente em choque fingido. "Você pode ver meus piqueiros! O que diabos estamos fazendo?"

Cassandra cerrou o punho, desejando que a mulher ridícula apenas calasse a boca e acabasse com isso.

Além da bobagem que ele estava falando, apenas sua voz era irritante e penetrante, um guincho perpétuo e agudo.

Quem quer que fosse 'Mister Imp', o homem tinha péssimo gosto para mulheres.

Ela tentou se concentrar novamente no grupo do outro lado da rua, mas com o barulho da casa abaixo dela, era impossível ouvir o que eles estavam dizendo.

O criado permanecera no canto do pátio, fora do círculo, como se esperasse novas instruções, mas os outros bebiam vinho e conversavam entre si.

Era uma noite clara, com um céu sem nuvens ... certamente ela poderia tê-los ouvido se não fosse pelas interrupções no andar de baixo.

"Oooh, você não deve me tocar aí, isso seria muito ruim!"

O homem, que estivera em grande silêncio até este ponto, interrompeu com sua própria interjeição.

"Kitten Girl, chupe meu pau!"

Graças a Deus, Cassandra pensou, já que essa ação finalmente silenciou a mulher.

Talvez o homem tivesse ficado tão entediado com sua tagarelice quanto ela e tivesse pensado em uma maneira eficaz de calá-la.

Com os sons abaixo, pelo menos temporariamente silenciados, era possível, como ela suspeitava, ouvir trechos da conversa do grupo.

Logo ficou claro que os convidados não eram aventureiros, mas que três deles eram associados ao templo de Ymir.

Visto que isso incluía a elfa de vestido branco, a outra elfa tinha que ser Valeria.

Também era óbvio que Conan estava flertando com o elfo de cabelo curto, embora Cassandra sentisse por sua linguagem corporal que as coisas não tinham ficado muito próximas entre eles.

Ainda assim, se ele tivesse uma queda por mulheres, isso poderia ser algo que ela poderia usar.

Enquanto os aventureiros estavam descrevendo suas últimas façanhas, logo ficou claro qual das mulheres humanas era Yasimina.

Não havia nenhuma pista real da identidade do outro, que não parecia estar falando muito e, às vezes, parecia um pouco estranho.

Mais importante, no entanto, Cassandra esperava poder obter alguma pista sobre seu tesouro pela história de como eles o encontraram.

Claramente, havia algum tipo de tumba subterrânea profunda envolvida, no deserto do norte.

O lugar perfeito, ele supôs, para encontrar algum tipo de item de magia negra que se encaixasse na descrição de Lady Gedren.

Se ela pudesse ouvir um pouco mais, então ...

"Será que meu Lorde Diabrete fará o mesmo comigo agora? Tenho certeza que ele fará! Já que fiquei um pouco molhada entre minhas coxas, pode meu Lorde Diabrete pensar em algo para fazer para me fazer sentir melhor?"

Cassandra cerrou os dentes e resistiu ao impulso de bater a cabeça contra a parede.

Ou, melhor ainda, desça e mate o idiota.

Se não fosse pelo fato de que um assassinato atrairia muita atenção, ela não tinha certeza se tinha forças para evitar isso.

Seus vizinhos podem até agradecê-lo por isso.

"Oh, merda, sim", disse a voz do homem, seguida por um longo grito de alegria da mulher.

Se ela tinha falado antes, agora era ainda pior.

Sua voz anasalada, que parecia que deveria ter quebrado vidro, se alternava e gritava como uma espécie de animal torturado, entre exortações ocasionais ao amante e o som de um tapa vigoroso.

Cassandra se perguntou, a julgar pelos sons, se ele a estava espancando também, embora ela pensasse que estrangulamento teria sido uma opção melhor.

O demi-demônio segurou a cabeça com as mãos e olhou para os outros edifícios próximos.

Seria difícil chegar lá, mas valeria a pena.

Embora, por estar mais longe da villa, isso não ajude muito.

Quanto tempo esses dois idiotas ficarão assim?

Por fim, quando ele estava começando a pensar em maneiras de matá-los que pudessem evitar causar atenção indesejada, o homem soltou um gemido alto e a dupla caiu em um silêncio feliz.

Cassandra tirou as mãos das orelhas e olhou de volta para a varanda.

Infelizmente, os convidados pareceram partir.

Qualquer outra informação que ele pudesse ter obtido já teria desaparecido para sempre.

Ele queria atingir o teto de frustração, mas isso teria feito um barulho, alertando o casal agora silencioso abaixo.

Não havia, ele suspeitava, nada mais a aprender.

Então, o mais rápido e silenciosamente que pôde, ele voltou para a parede oposta para descer novamente.

Quanto mais cedo eu sair daqui, melhor.

Quando ele se agachou, ele ouviu a voz penetrante pela última vez.

"Oooh, inferno, vamos fazer de novo ...?"

CAPÍTULO VIII
ADRIANA

Os anões estavam em Tarantia há tempo suficiente para terem construído seu próprio bairro na cidade.

Apesar de ter vivido na cidade toda a sua vida, era uma área que Conan raramente tinha estado.

Ao contrário dos elfos, os anões raramente faziam magia, e o espírito unificado e prudente de sua cultura deu a ele poucos motivos para visitá-los.

Na verdade, Lady Yasimina provavelmente estava mais familiarizada com o distrito do que ele, devido à qualidade dos armeiros.

E com eles estava Snagg, é claro.

Olhando em volta para os prédios de blocos com suas pequenas janelas, ele quase se perguntou por que se ofereceu para vir.

Mas, se eles obtivessem plantas para as ruínas abaixo da cidade, seu conhecimento da história antiga de Tarantia poderia ajudar, junto com a sensibilidade natural de Snagg para arquitetura e pedra.

No entanto, ele também sentia que os anões eram pessoas gentis, embora longe da natureza despreocupada e divertida dos elfos, ou mesmo, até certo ponto, dos goblins.

Era a natureza de sua cultura: eram mestres artesãos, dedicando todo o seu tempo ao trabalho dedicado ao aprimoramento de sua arte, sem deixar tempo para a alegria.

Lady Yasimina liderava o caminho enquanto caminhavam pelas ruas dos anões, dispostas em uma grade quadrada, tão regulares e monótonas quanto os prédios ao redor.

Como um paladino, ele provavelmente aprovava as sugestões dos anões, e até Conan teve que admitir que eles eram pessoas honradas e corajosas.

Snagg salvou sua própria vida mais de uma vez.

Na noite anterior, Yasimina convidou alguns de seus amigos do templo de Ymir para uma noite agradável de comida e conversa no pátio.

Eles não haviam discutido a aparente ameaça à cidade, mas o Templo eram aliados em potencial, se algum dia precisassem deles.

Valeria também trouxe uma amiga, chamada Onna, mas ele sabia o suficiente sobre mulheres para dizer que ela não se sentia atraída por ele.

Com um interesse mais imediato, no entanto, pelo menos do ponto de vista de Conan, a jovem escudeira elfa do Templo era muito bonita, até mesmo vestida com o branco simples de sua ordem.

Era uma pena que, como mulher dando seus primeiros passos no caminho para o paladino, ela resistiu às tentativas dele de flertar com ela.

Pelo menos ela não parecia ofendida, e a esperança de que um dia ele acabaria entre os lençóis com ela não era, ele pensou, completamente estranha.

Mas não que houvesse qualquer possibilidade disso aqui, ele meditou.

Mesmo as mulheres anãs que não eram tão cautelosas mal chegavam perto de sua imagem de um parceiro de cama ideal.

* * *

Seu destino, quando eles chegaram, era, ele tinha que admitir, bem diferente dos prédios insípidos que o cercavam.

Era muito mais alto, com portas de uma altura humana conveniente.

Contra-molduras ornamentadas flanqueavam suas paredes, com vitrais em arco representando imagens de castelos e torres, bigornas e martelos.

Um brasão estava acima da entrada principal, esculpido em pedra com cuidado primoroso.

Quando os anões queriam mostrar suas habilidades, eles certamente podiam.

Pois esta era a Tarantia Masons Guild, uma profissão dominada por anões, mas também por alguns goblins e humanos.

Aqui, eles esperavam encontrar as respostas que procuravam, com a ajuda de alguns dos contatos de Snagg.

O guerreiro anão, como Conan sabia, não era natural da cidade, tendo vindo das montanhas ao sul.

Ele tinha vindo aqui em busca de sua fortuna e, como parte do bando de aventureiros, ele a encontrou, em geral.

Mas mesmo assim, ele havia estabelecido alguns laços com os locais, apesar de seus diferentes clãs, aparentemente um aspecto importante da cultura anã, pelo que ele entendeu.

Os três subiram os degraus e passaram pelas portas que davam para o corredor.

O edifício foi claramente construído com humanos em mente, mas exibia uma vibração anã inconfundível.

O piso do saguão era de mármore polido, alinhado com colunas que se erguiam até um teto de caverna ornamentado.

Esculturas de pedra cobriam as paredes, mostrando os vários estágios de construção de um grande edifício, e as grades da escada do andar superior eram revestidas de metal brilhante.

Um anão vestindo algum tipo de libré cinza se aproximou do grupo e falou brevemente com Snagg, antes de desaparecer dentro do prédio.

O trio esperou educadamente, olhando para a arte exibida pelos construtores, até que o anão de libré voltou com outra pessoa e retomou sua posição junto à porta.

O recém-chegado era outro anão, obviamente um homem bastante jovem, com cabelos castanhos grossos e uma barba relativamente curta.

Ele estava vestido em tons de terra sólidos, com as botas pesadas favoritas por sua raça e alguns anéis de ouro e prata em seus dedos.

Ele era evidentemente um artesão próspero, embora provavelmente muito jovem para ter seu próprio negócio ainda.

"Snagg!" ele disse, apertando formalmente a mão do guerreiro, "É bom vê-lo novamente. Você deve me apresentar aos seus companheiros."

"Rimir, estes são meus companheiros; Lady Yasimina e Conan, um mago. Yasimina, Conan, este é Rimir, um artesão chefe do Clã de Bardalf."

O guerreiro não pôde deixar de notar a formalidade do fraseado, embora não fosse muito longo e florido.

Havia um protocolo claro aqui, mas pelo menos eles não nos aborreciam com isso.

"Temos um assunto comercial para discutir, algumas informações que você pode ter que podem nos ajudar."

"Claro", respondeu o anão mais novo, "meu pai e eu estávamos administrando nosso próprio negócio, mas está quase concluído e você pode se juntar a nós. Então podemos conversar sobre seu próprio assunto." Ele sorriu, claramente um cara amigável e de mente aberta para sua carreira, e liderou o caminho até a porta de onde tinha vindo.

Do outro lado da porta havia um corredor com várias salas ao redor, salas de reuniões aparentemente para os artesãos e seus clientes ficarem quietos.

Eles entraram em uma das salas que, como o resto do edifício, tinha paredes de pedra entalhadas com frisos, em vez de tapeçarias ou painéis de madeira.

Havia várias cadeiras, algumas adequadas para humanos e outras para anões, e uma longa mesa com alguns pergaminhos.

Um vitral com a imagem de uma ponte permitia a entrada de luz abundante na sala.

De um lado da mesa, de frente para a janela, estava um anão mais velho, com cabelos grisalhos, uma longa barba trançada e uma grossa pulseira de prata e fivela de cinto adornada com um peão que indicava seu alto status.

Havia um jovem anão ao lado dele e quando ele desviou o olhar do outro anão, os olhos de Conan imediatamente foram para a terceira pessoa na sala, evidentemente o cliente do artesão.

Ela parecia ter trinta e poucos anos e era uma mulher humana em um vestido longo azul escuro e verde.

Ele calculou que ela tinha uma altura ligeiramente acima da média para os humanos, o que a fazia se elevar sobre os anões na sala.

Ela tinha longos cabelos loiros cor de areia, amarrados em um rabo de cavalo que se estendia até o meio das costas, e um rosto esguio com lábios vermelhos e olhos azuis.

Sua pele era pálida e de aparência macia, com algumas sardas claras espalhadas nas maçãs do rosto.

Ela estava curvada sobre a mesa quando eles chegaram, pegando alguns dos pergaminhos, embora o corte alto de seu vestido não permitisse que ele visse nada além do contorno de seus seios e a curva de seus quadris.

Ele olhou para cima quando eles entraram, seu olhar aparentemente nada mais do que simples curiosidade.

"Saudações", disse o anão mais velho, em pé rigidamente, "eu sou Othan das Bardalf, mestre pedreiro e arquiteto. Esta", ele indicou ao anão remanescente, "é minha filha Astrid, e esta é a comerciante Adriana, com quem temos um negócio em mãos. "

Snagg apresentou seus companheiros uma segunda vez e então Yasimina deu um passo à frente, apertando brevemente a mão de Othan e mantendo sua própria postura formal.

"Somos aventureiros, Mestre Maçom, recuperando os tesouros perdidos das catacumbas escondidas. Solicitamos sua ajuda em uma questão de conhecimento arquitetônico e nos curvamos à sua experiência."

Conan achou que era um pouco forçado, mas Othan parecia impressionado.

Aparentemente, as formalidades corretas foram observadas.

"Por favor, junte-se a nós", disse ele, indicando as cadeiras no lado oposto da mesa.

Com a menção dos aventureiros, os olhos de Adriana pareceram se arregalar um pouco, e ela olhou para o grupo, curiosamente, seus olhos pousando primeiro em Snagg e depois no guerreiro.

Eles pareciam estar lá um pouco mais do que o necessário, e ela parecia um pouco confusa.

Afinal talvez haja algo a ganhar com esta visita, além de um pouco de informação ...

"Pronto ..." Adriana começou, fazendo uma leve pausa como se não soubesse o que dizer, "só uma coisa que preciso esclarecer, mas não vou me incomodar. Você se importa se eu ficar um pouco?" Ele olhou de Othan para Yasimina, mas foi Conan quem respondeu primeiro.

"De jeito nenhum", disse ele, "terminaremos logo."

Yasimina lançou-lhe um olhar perplexo, até que de repente percebeu qual deveria ser seu motivo.

Seu rosto se contraiu um pouco, mas ele não disse nada, olhando para o mestre pedreiro.

Quando ele também deu seu consentimento, o comerciante humano removeu uma cadeira da mesa e a moveu para a parede oposta, atrás dos anões, onde ela podia ver os aventureiros, mas não parecia ser parte direta da discussão.

Todos se sentaram, três deles de cada lado da mesa.

Adriana estava sentada perto da janela, um pouco na sombra, mas os olhos do guerreiro se voltaram para ela sobre as cabeças dos anões.

Felizmente, Yasimina parecia ter toda a sua atenção aos negócios, mas ela suspeitava que eles não aprovariam qualquer flerte neste caso.

Na verdade, ele não tinha certeza de como o namoro com os anões funcionaria, embora suspeitasse que demoraria muito.

"Estamos interessados na história passada da cidade e sua arquitetura antiga", começou Yasimina, "em particular, as ruínas subterrâneas. Esperávamos poder obter algumas informações sobre elas aqui ... como curiosidades históricas ou como evitar construir no topo deles, será que eles têm alguma informação desse tipo?

"Temos algum conhecimento, é claro", disse Othan, "mas essa não é uma informação que normalmente compartilhamos com estranhos e menos humanos. Não se trata apenas de informações da guilda, em parte, mas também de um assunto do clã ... esse cara o conhecimento é difícil de obter e não é facilmente dado aos nossos rivais. "

Conan achou que ele estava sendo um pouco evasivo.

Eles tinham alguma ideia da ameaça que as ruínas subterrâneas representavam, ou pelo menos uma dica de que poderia haver algo errado ali, algo que não queriam discutir com ninguém?

Era possível, pelo menos, mas Yasimina era a negociadora do grupo.

Ela e Snagg juntos devem conseguir o que precisam dos pedreiros anões.

Se alguém podia fazer isso, eram eles.

E então, ele percebeu que sua mente vagava um pouco, obviamente no assunto do comerciante humano.

Adriana certamente parecia um pouco exaltada.

Na realidade, ela não parecia estar prestando muita atenção na conversa, mas parecia estar muito focada em seus próprios pensamentos.

Ela olhou para os aventureiros, e o guerreiro tinha certeza de que ela parecia excitada agora, pois seus olhos se arregalaram involuntariamente e suas mãos estavam entrelaçadas, como se para evitar revelar seu interesse.

Para Conan, entretanto, era bastante óbvio.

Seus olhos pousaram nos dela por um momento, e ele olhou em seus olhos, antes de deliberadamente os varrer para admirar tudo o que podia ser visto de seu corpo atrás da mesa.

Ela era magra, com seios grandes e elevados e pescoço comprido.

Era difícil dizer a esta distância, mas ele pensou ter visto algumas gotas de suor em sua testa, sob o cabelo curto.

Os olhos dela estavam arregalados e as sobrancelhas levantadas, e ele tinha certeza que ela o estava avaliando tanto quanto ele.

Então ele olhou para o lado, na direção de Snagg, talvez para ver se os outros dois haviam notado seu interesse, mas parecia que não, porque ele logo olhou para Conan, sua expressão agora astuta.

Ele tinha certeza de que ela agora estava planejando uma maneira de ficarem juntos ... ele só tinha que encontrar uma maneira de dar a ela a oportunidade, sem que os anões se ofendessem com o que estava acontecendo bem debaixo de seus narizes.

Sustentando seu olhar, ela separou os lábios e passou a língua ao redor deles, dando a ele um claro olhar de "venha aqui".

Agora ele estava confiante de que não interpretou mal nenhum dos sinais, não, ele tinha certeza de que não, porque tinha uma boa chance de fazer isso e porque ele podia ler bem as mulheres.

Ele sorriu para ela, esperando que ela entendesse sua aceitação e voltou sua atenção para a conversa.

Afinal, poderia ser importante.

"Nessas circunstâncias ..." Othan estava dizendo, "há alguns detalhes que podemos dar a você, mas não aqui. Amanhã à noite, já que Rimir e eu temos que ir a algum lugar primeiro. Astrid teria que cuidar disso para você. Mas Você deve entender que esta é uma informação anã, e só podemos dar a Snagg. Confiamos em seu julgamento, meu amigo ", acrescentou ele, voltando-se para o guerreiro anão," mas você deve decidir como compartilhá-la, já que, se for para você, não somos rompendo qualquer vínculo, mas deve ser para você, e apenas você. Espero que você entenda ... "

Antes que ele pudesse responder, Conan ficou chocado quando Adriana se levantou de repente.

"Percebi que devo ir", disse ele, "sinto muito pela interrupção, mas, de qualquer forma, não deveria me intrometer mais. Se pudesse ter uma conversinha com Astrid antes de ir?"

Othan parecia um pouco irritado, mas gesticulou para a filha, e ela se levantou e caminhou até o canto oposto, onde sussurrou com Adriana por um tempo, fora do alcance de audição do guerreiro.

Ele não tinha prestado muita atenção na anã até agora, pois ela não tinha falado nenhuma vez durante a conversa com Yasimina, ou, claro, desde que ele entrou na sala.

Ele parecia jovem, embora não fosse muito certo o que isso significava para um anão.

Ela estava usando um vestido azul acinzentado com a bainha da saia que quase se arrastava pelo chão.

Seu grosso colar de prata e ouro, e a pulseira em seu pulso esquerdo, eram claramente o produto da habilidade de um anão altamente qualificado.

Ela era loira, com cabelos trançados e tinha a pele clara típica de sua raça.

Apesar de sua constituição robusta e braços e pernas bastante grossos, ele supôs que ela poderia ser considerada muito atraente, e talvez os homens anões pensassem que ela era.

Ocorreu a ela que Snagg ficaria sozinho em uma casa com ela esta noite, e com sua família fora.

Se tivesse sido ele, e se ela fosse humana ou élfica, ele tinha certeza de como esta noite terminaria.

Mas do jeito que as coisas estavam, ele não conseguia imaginar nada acontecendo.

Anões, ele suspeitava, perdiam até oportunidades de ouro como aquela, e provavelmente era por isso que Othan não parecia preocupado com a perspectiva.

Ele estava mais preocupado com o assunto de que Adriana estava prestes a ir embora sem lhe dar nenhum meio de contato com ela novamente, mas então percebeu que tudo que ele estava dizendo para Astrid estava fazendo o anão corar, e olhe para sua família, que felizmente estava desviando o olhar na hora, pois haviam voltado para conversar com Snagg.

Provavelmente, ele pensou, não demorava muito para um anão corar também, mas quando viu o comerciante entregando um pedaço de pergaminho a Astrid e olhando para o próprio Conan, ele já tinha certeza do que ela havia dito.

Até mesmo a mulher anã, ao que parece, foi capaz de interpretar o propósito por trás do bilhete ao ver o quão envergonhada ela se sentiu em aceitar.

Em sua cultura, as coisas simplesmente não eram feitas dessa maneira.

Em seguida, Adriana saiu, fechando a porta atrás dela e voltando para a sala do clã.

Astrid voltou para a mesa, o bilhete agarrado com uma das mãos atrás das costas, onde os outros não podiam ver, enquanto seus olhos estavam baixos e pareciam ainda mais reservados do que antes.

O que Snagg havia dito aparentemente encontrou a aprovação do anão mais velho, pois eles estavam apertando as mãos, e a conversa mudou para assuntos mais sociais.

O anão guerreiro obviamente conhecia a família, e agora que o negócio estava encerrado, ele queria falar sobre isso.

Com nada mais para distraí-lo agora, Conan foi forçado a ouvir o que encontrou histórias terrivelmente tediosas de clãs de anões e seus assuntos, mas ele adivinhou que o anão guerreiro tinha muito pouca oportunidade de conversar com pessoas de sua própria espécie, pois O que não o incomodava agora que ele tinha uma chance de fazer isso, ele fez.

Eventualmente, todos se levantaram.

Os anões agora pareciam mais amigáveis e menos formais do que antes.

Talvez eles fossem aliados úteis, afinal.

Quando eles saíram, Astrid apertou rapidamente o pedaço de pergaminho na mão, olhando em volta para se certificar de que não a tinham visto.

Depois que ele saiu, ele desdobrou o bilhete e o leu.

Era o endereço de uma casa na parte humana da cidade, e com a data de amanhã anotada.

***

Snagg chegou à casa do mestre pedreiro logo após o pôr do sol.

Para ele, passear pelas ruas ordenadas do bairro dos anões era muito mais fácil do que pelas vielas sinuosas do resto de Tarantia, lembrando-o um pouco da grande cidade subterrânea de sua terra natal.

Ele não ficou surpreso que Othan só concordou em entregar os planos para outro anão.

Havia muitas coisas que não deveriam ser compartilhadas com estranhos.

Mas, se houvesse uma ameaça aqui, ele teria que lidar com ela, não importava o custo.

Ele sabia que a viagem seria rápida.

Ele só tinha que pegar os documentos que haviam preparado e sair.

Conan, por outro lado, havia partido com um sorriso calmo no rosto e não voltaria antes do amanhecer.

Toda a preocupação humana e élfica por tais coisas parecia um tanto inadequada para ele, e era bom estar entre as pessoas que sabiam que não deveriam discutir tais assuntos.

Astrid, felizmente, entenderia.

Conan provavelmente já tinha esse tipo de pensamento sujo sobre o que poderia acontecer no mestre pedreiro esta noite, mas se tivesse, ele dificilmente poderia estar mais errado.

Astrid era sem dúvida atraente o suficiente, mas ela era um pouco jovem para ele, e ele teria que fazer muitos arranjos de sua parte de qualquer maneira, se quisesse cortejá-la.

Anões, ao contrário de humanos ou elfos, simplesmente não agiam assim, e era um sinal de confiança que Othan e Rimir nem se importaram em se preocupar com essas coisas.

Só porque duas pessoas do sexo oposto estavam no mesmo prédio juntas não significava necessariamente que eles estavam tentando ... bem, procriar.

A casa tinha a aparência típica da maioria das outras próximas, mas o olho habilidoso de Snagg podia discernir a mais alta qualidade da pedra, como convinha a um anão do status e profissão de Othan.

Também era um pouco maior, com um telhado inclinado de ardósia, um sinal da riqueza da família de comerciantes.

Ele bateu na porta e se preparou para anunciar seu nome e propósito quando Astrid abrisse a porta.

Apenas, não era Astrid; era Adriana.

Snagg ficou confuso e imediatamente alerta.

Ele não deveria estar com Conan agora?

Ou ele havia entendido mal o que o guerreiro estava fazendo esta noite?

Parecia improvável conhecê-lo, mas é claro que sempre havia a possibilidade de que ele pudesse ter conhecido outra pessoa em outro lugar.

Adriana era obviamente uma amiga de confiança do clã Bardalf, e de Othan em particular, e na verdade, ela já tinha ouvido o nome dele antes.

Ela era uma comerciante que frequentemente trabalhava com anões, ajudando a vender seus produtos no mercado humano, especialmente além de Tarantia.

Então, pelo que ele sabia, ele podia confiar nela.

No entanto, a presença dela aqui era estranha, para dizer o mínimo, e ele percebeu que ela havia passado um tempo avaliando os aventureiros quando eles chegaram.

Conan pode ter pensado que ela estava apenas olhando para ele, às vezes com a mente apenas um pensamento, mas Snagg também se viu sob o olhar dele.

O que ela realmente queria?

"Snagg", disse ele, "entre. Acabamos de comer. Adoro a cozinha minúscula. A propósito, todos os documentos estão prontos para você lá embaixo. Ou pelo menos foi o que me disseram, aparentemente, não tenho permissão! vê-los! "

Parecia plausível, mas de alguma forma suas palavras não pareciam totalmente verdadeiras.

Ela estava escondendo algo, mas o quê?

Ele carregava apenas uma adaga, pois era inútil para vagar pelas ruas da cidade com armadura completa e armas, mas era uma grande e ele era proficiente em seu uso.

Ele sub-repticiamente sub-repticiamente sublinhou sua mão em direção a ela, pronto para agarrá-la se necessário, mas entrou na casa mesmo assim.

Eles estavam cercados por outros anões, e esta deveria ser uma parte segura da cidade ... mas algo estranho estava acontecendo, algo que ele não entendia muito bem.

E, como guerreiro, só havia uma maneira de se preparar para isso.

Por dentro, a casa foi organizada no típico estilo anão.

O andar térreo era ligeiramente rebaixado abaixo do nível da rua, um único cômodo que ocupava a maior parte do espaço, com uma cozinha atrás e escadas em espiral de pedra que levavam ao andar superior.

Adriana, porém, se dirigiu imediatamente para a escada que descia, como se esperasse que eu o seguisse.

Claro, as casas dos anões, mesmo em cidades humanas, tinham porões substanciais, mas por que não entregar os documentos aqui?

E onde estava Astrid?

Ele a seguiu escada acima e imediatamente percebeu um cheiro estranho.

Era picante, um pouco picante como incenso, mas nada que eu pudesse identificar.

Sua mão estava em sua adaga agora, alerta ao perigo.

Não era o cheiro de orcs, ou qualquer coisa tão perigosa, na verdade, até parecia bastante agradável.

Mas ele estava deslocado aqui, e era isso que o preocupava.

"Por aqui", disse o comerciante, e ele entrou em uma sala, a mão ainda na adaga.

Estava escuro, com apenas um pequeno braseiro para acender, mas seus olhos estavam naturalmente adaptados à penumbra e ele logo percebeu os detalhes.

Era um quarto, no estilo típico de porão de muitos anões, onde eles podiam dormir cercados por rocha sólida.

Mais importante, Astrid não estava aqui.

Ele se virou, apenas para descobrir que Adriana havia fechado a porta e agora estava encostada nela, bloqueando a única saída.

Com uma das mãos, ele acendeu uma luminária de chão na mesinha de cabeceira e uma luz amarela se espalhou pelo quarto.

O cheiro estava mais forte agora, fazendo-o se sentir estranho.

O cheiro dela formigou seu nariz e o fez sentir-se quente, quase suado, como se ele tivesse comido uma refeição apimentada.

Isso nublou seus pensamentos, mas não o fez se sentir fraco ou doente.

Na verdade, ele se sentia bastante capaz, cheio de energia.

"O que está acontecendo aqui?" Ele disse com os dentes cerrados, puxando a adaga pela metade.

Ela estava desarmada e não havia mais ninguém na sala.

Não seria uma luta difícil, se chegasse a esse ponto, e até onde ele sabia, ela nem era uma feiticeira.

Parecia improvável que ele estivesse tentando atacá-lo ou prendê-lo, então qual era exatamente seu plano?

- Não precisa da faca - disse Adriana, ainda encostada na porta -, você não corre perigo. Admito que sou um pouco desonesta ... mas é o seu amigo Conan quem vai ficar desapontado, não você. Agora, ele deveria estar coletando os documentos de Astrid, o que, infelizmente, não foi exatamente o que o levou a pensar que estava fazendo. Eu mesma teria lhe dado os documentos, mas ela realmente insistiu em guardá-los. Mesmo que ... bem, ela não está dando a quem ela disse que daria. "

Snagg franziu a testa, tentando ignorar o cheiro que agora percebeu que devia vir do pequeno braseiro.

"Isso não responde à minha pergunta: o que você está fazendo? O que você quer de mim?"

"Ah, sim", disse ela, corando levemente, a menos que o incenso a afetasse também, "essa é a questão."

Ela engoliu em seco e colocou a mão nas costas.

Snagg enrijeceu ligeiramente, mas ele a tinha visto enquanto a seguia escada abaixo; ele não tinha nada escondido lá, a menos que fosse particularmente pequeno.

Uma agulha? Talvez, mas certamente não muito mais.

"Eu trabalho com anões há muito tempo", disse ele, ainda sem ir direto ao ponto: uma característica humana muito irritante. "E desenvolvi um verdadeiro carinho pelo seu povo. Não estou mentindo quando digo que gosto de cozinhar para anões, a propósito. Mas há algo anão que dificilmente tive a chance de experimentar."

Ele estava brincando com alguma coisa nas costas, mas o que quer que fosse, ele não conseguia ver.

O estranho era que ela não parecia agressiva.

Nervoso, talvez, mas ainda mais do que isso, animado.

Seu tom de voz era quase amigável, não ameaçador.

Snagg realmente não conseguia entender seu comportamento.

"Homens anões são fortes, poderosos, com aqueles braços e corpos musculosos", ele continuou, sua voz de repente estranhamente rouca. O que isso tem a ver com ...? e então seu pensamento parou aí, quando percebeu o que estava fazendo atrás dela.

Ela estava desfazendo os laços da parte de trás do vestido.

Ela deslizou um braço para fora dele, depois o outro, puxando-o para baixo sobre os quadris, para colocá-lo de pé.

Por baixo, ela usava uma longa camisola branca, quase sem mangas, com um decote profundo.

"Agora você entende para que está aqui?" ela perguntou: "E é claro por que ele precisava do engano? Sem ele, eu nunca teria tido a chance."

Ele poderia ter corrido para a porta, então, mas deveria tê-la tirado do caminho.

E já que ela estava usando roupas que não eram mais decentes, tocá-la poderia lhe dar uma impressão errada.

Além disso, tudo o que ele precisava fazer era recusar.

Realmente era tão simples ... não era?

"Mas ... você é humano", disse ele, horrorizado com a abordagem atrevida dela. "Não ... certamente não com ... se você conhece meu povo, deveria saber disso! É só ..." ele gaguejou, incapaz de pensar no que mais dizer.

"Você não me acha atraente?" ela disse brincando, tirando os sapatos e avançando para fora da porta, a combinação esguia agarrando-se a suas curvas, em seguida, inclinando-se ligeiramente para a frente para mostrar seu decote.

"Não fique ... quero dizer, você é ...", ele tentou protestar, explicando que ela tinha a forma errada, a altura errada, que seu queixo era muito redondo, sua cintura muito fina e seus membros muito longos.

Mas, traiçoeiramente, ele começou a sentir uma agitação no estômago, olhando para ela.

As curvas de seu corpo eram diferentes, mas de alguma forma agradáveis.

Ele nunca tinha se sentido assim com uma mulher humana antes, e ele não conseguia imaginar por que sentia isso agora.

Ele estava suando, e sua adaga escorregou de sua mão hesitantemente, deslizando de volta para a bainha.

O que estava acontecendo com ele?

Ele não se moveu de onde estava, e ela continuou a avançar em direção a ele.

Ele podia correr ao redor dela agora, mas por algum motivo ele sentia que não conseguia se mover.

Não era paralisia literal, mas sua mente estava agitada, incapaz de pensar corretamente.

Ela o alcançou, parando apenas alguns passos na frente dele.

Seu nível de visão estava ligeiramente acima do umbigo, o abdômen estreito e alongado de uma mulher humana.

Ele manteve os olhos fixos à frente, apertando e afrouxando as mãos, tentando tomar uma decisão sobre o que fazer.

Ela se ajoelhou, o rosto agora mais ou menos no mesmo nível dele, os olhos azuis arregalados de excitação, os lábios entreabertos.

Ele evitou olhar para aquele combo decotado e amaldiçoou a sensação em sua virilha que o fazia querer fazer isso.

"Não acho que você esteja sendo totalmente sincero", disse ele, "e não é que eu fosse o exemplo de honestidade hoje, admito. Mas agora, vamos ver ..."

Ela deu um passo à frente, dando um nó no topo de sua túnica de couro acolchoada sem mangas, habilmente desamarrando-a e, em seguida, empurrando-a para trás, sobre os braços, até que caiu no chão de pedra atrás dele.

Ele apertou as mãos dela novamente, querendo afastá-la, mas não ao mesmo tempo.

Ele sabia que isso não era certo e que poderia impedi-la a qualquer momento, mas parecia incapaz de fazê-lo.

Ela estava levantando a camisa agora, levantando-a sobre o peito, e ainda não estava resistindo, embora soubesse que deveria.

Ela o puxou pela cabeça e o jogou fora, e ele deu um passo involuntário para trás, como se o movimento repentino tivesse clareado sua cabeça por um momento.

Ele piscou enquanto uma gota de suor escorria pelo lado de seu rosto.

O cheiro do incenso era ... sim, com certeza tinha que ser isso, ele percebeu de repente!

"Um afrodisíaco?" ela retrucou, apontando para o braseiro.

"Ah, sim ... veja, achei que você precisaria de um pouco de encorajamento. Um relaxamento dessas famosas inibições dos anões. Mas isso não pode fazer você fazer o que não quer. Se você realmente se sentir rejeitado por mim, ficará excitado, e isso seria tudo o que aconteceria. "

Seus olhos percorreram todo o corpo dela, agora nu da cintura para cima.

"Você é realmente musculoso", disse ela, com a voz rouca de novo, "você parece muito masculino, Snagg."

Ele estendeu a mão, quase cautelosamente, e acariciou seu peito, correndo os dedos pelos cabelos e os músculos firmes de seu peitoral.

Ele sentiu sua ereção crescer, agora quase puxando contra o material firme de suas alças.

Ele teve que resistir, ele teve que ...

Ele fechou os olhos, empurrando a imagem de seu corpo mal vestido de sua mente.

Certamente, se ele não respondesse ao seu toque, então ela iria embora?

Houve um farfalhar de pano, mas ela não o acariciou novamente, e ele manteve os olhos firmemente fechados.

"Você não quer olhar?" Ela disse, e apesar de si mesmo, ele olhou.

Ela havia se retirado de sua combinação, ajoelhando-se diante dele e agora estava vestindo nada mais do que um par de calcinhas de seda muito mais curtas do que qualquer coisa que uma anã pudesse usar.

Sua cintura era fina, um corpo liso e sem pelos, mais em forma de ampulheta do que de anão.

Seus seios estavam soltos agora, seus mamilos rosados completamente inchados.

Seus olhos focaram em um punhado de sardas claras em seus ombros e clavícula, então forçou seu olhar para cima e para longe, para o rosto dela.

"Eu acho que você gosta de mim, certo? E isso não pode ser apenas o perfume. Não funciona assim."

Ela segurou os seios, passando as mãos sobre eles, esfregando os mamilos inchados, enquanto seus olhos traidores observavam cada movimento seu.

Sua ereção parecia enorme agora, incontrolável.

Certamente isso teria que acabar logo?

"Eu não sou ..." ele começou, tentando explicar, para fazê-la ver o pouco sentido da situação. "Você é humano e eu sou um anão. Simplesmente não posso!"

"Hmm ..." ela disse, "não me parece isso."

De repente, ela se abaixou e agarrou sua virilha, segurando sua ereção inchada através do couro macio, apertando suas bolas levemente enquanto o fazia.

Ele grunhiu involuntariamente, incapaz de se conter.

Seu pênis parecia querer explodir.

"Não, pensei que sim", disse ela simplesmente.

As palavras estavam além dele agora, ele não conseguia pensar em nada para dizer.

Não havia como ela negar que seu corpo estava respondendo como faria com qualquer mulher anã, independentemente de sua vergonha pessoal.

Talvez, ele pensou, ela tivesse mentido sobre o poder do perfume afrodisíaco, talvez ela tenha inspirado pensamentos que uma pessoa normal não teria de outra forma.

Talvez ele até tenha trabalhado de forma diferente em sua própria raça do que em humanos.

No fundo, entretanto, ele sabia que isso não era verdade.

Ele permaneceu imóvel, ainda de pé rígido, enquanto ela desatava o cinto, deixando-o cair, com a adaga, no chão.

Seus dedos alcançaram a corda em suas alças e, finalmente, ele se moveu, agarrando seu pulso.

"Não ..." ele conseguiu dizer, quase um resmungo.

"Não acho que você esteja falando sério", disse ele, "e já cheguei muito longe para desistir."

Ela ergueu a mão esquerda lentamente, movendo-a para onde ele segurava a outra.

Ela gentilmente tirou a mão das alças e, desta vez, ele permaneceu imóvel, os olhos fixos em sua mão como se estivesse fascinado, mas não fazendo nada para impedi-lo.

Um pouco sem jeito, ela desamarrou o cordão e sua mão direita se soltou do aperto já suado e rapidamente enfraquecido.

Ele agarrou a lateral de sua calcinha e, em um único movimento, puxou-a e baixou sua calcinha até os joelhos.

Seu pênis saltou, finalmente livre, para fora da espessa massa de pelos pubianos.

Ela não disse nada a princípio, os olhos fixos no prêmio.

Ele estremeceu, a culpa e a vergonha crescendo dentro dele, mas incapaz de controlar a poderosa luxúria que sentia.

Ela estendeu a mão, e ele grunhiu com os dentes cerrados enquanto pegava seu pênis em uma mão, deslizando ao longo de suas bolas até a ponta, passando o polegar sobre o prepúcio.

"É um tamanho totalmente humano", ela sussurrou, "Eu me perguntei como você seria."

Ela o soltou e se levantou, levando seus olhos ao nível da base de seu peito novamente.

Desta vez, ele olhou para cima, apesar de si mesmo, observando os seios dela subir e descer, logo acima da altura de sua cabeça.

Com outro movimento rápido, ela tirou as últimas peças de roupa restantes, então se afastou dele, caminhando em direção à cama.

Ele subiu nela, apoiando-se em suas mãos e joelhos, os seios pendurados e as nádegas erguidas no ar.

A cama do anão era muito curta para ela, claro, e mesmo naquela posição, seus pés estavam espalhados na prancha baixa da base.

Sua bunda estava voltada para ele, e ela abriu suas longas pernas, revelando sua vulva rosa e inchada.

Ela estava quase sem pelos lá embaixo, e ele podia vê-la úmida à luz da lamparina.

Ela estava respirando pesadamente, seus seios subindo e descendo enquanto ela fazia isso.

"A porta não está fechada", disse ele, embora nunca tivesse ocorrido a ele que pudesse estar. "Você pode ir agora, e ninguém nunca saberá. Ou você pode realizar meu sonho mais selvagem. Isso", ele continuou, com uma pitada de pesar, "é sua escolha agora."

Ele olhou para a porta e as roupas se juntaram ao seu redor.

Seria tão fácil vestir suas roupas novamente e ir embora.

Mas naquele momento ele sabia que não queria.

Ele deu um grito curto e sem palavras, e se abaixou para tirar as botas, levando suas últimas roupas com ele.

Nu, ele correu pelo quarto e pulou nas costas da cama.

Como ela ousa tratá-lo assim? Agora ele iria provar isso!

Ele se levantou no colchão e olhou para as costas dela, o rabo de cavalo meio atravessado em seu corpo e depois pendurado para o lado.

Ela virou a cabeça para ele, olhando para trás, primeiro para seu próprio rosto, como se estivesse avaliando suas emoções, e depois para seu pênis saliente, agora subindo logo acima de suas nádegas.

"Sim ..." ela disse, a palavra quase presa em sua garganta.

Ele agarrou sua cintura com as duas mãos, sentindo a pele humana macia, e a ergueu até o nível de seus quadris.

Seus joelhos se ergueram para se livrar da cama enquanto o fazia, e ela aproveitou a oportunidade para mover os pés pela cama, pressionando os dedos dos pés contra a tábua de madeira para se apoiar.

"Não zombe de um guerreiro anão", disse ele com firmeza, "ou você sentirá sua lança."

Ele olhou para sua boceta molhada, seu pau latejante a apenas alguns centímetros de distância, e então de repente ele a puxou em direção a ele, empurrando seus quadris para frente no mesmo movimento, afundando profundamente dentro de sua boceta.

Ela gritou, um grito alto de puro prazer.

Sua própria excitação era intensa, a sensação de sua boceta macia ao redor de seu pênis ainda melhor do que ela havia imaginado.

Ele saiu, então a empurrou repetidamente, agarrando seus quadris com força, cravando os dedos em suas nádegas redondas.

Adriana soltou um longo gemido, os olhos arregalados de paixão, o suor escorrendo pela testa.

No início, seus grunhidos eram sem palavras, quase agressivos em tenor, mas então ele encontrou sua voz novamente.

"Você ... vai sentir ... o que ... significa ..." ele engasgou, empurrando seu pau inchado repetidamente em seu calor apertado, "estar com ... um anão ... e ... um humano ... não será ... capaz de satisfazê-lo ... assim ... de novo. "

Ele nem tinha certeza se ela podia ouvi-lo, pois seus gemidos de prazer eram agora muito altos e prolongados.

Ele continuou a bater nela, braços musculosos e nádegas trabalhando em uníssono para empalá-la.

Seus seios tremeram, seu corpo inteiro estremeceu com a força de sua ação.

Suas pernas tremiam, mas ainda segurando, pressionando com força contra a cama enquanto seu pênis empurrava para dentro e para fora de sua boceta molhada.

Ela sentiu que estava prestes a se libertar e aumentou a taxa de bombeamento ainda mais, provocando gemidos ainda mais extasiados da boca escancarada de Adriana.

Por fim, ela soltou um velho grito de guerra de anão, e com um último empurrão, ela se sentiu gozar, seu esperma anão quente pingando em sua vagina humana fraca.

Sua boceta convulsionou, agarrando-o enquanto ela estremecia em espasmos de seu próprio orgasmo súbito, até que finalmente os dois desabaram em uma pilha de corpos exaustos e suados.

A HISTÓRIA CONTINUA EM: CONAN O BÁRBARO TERCEIRA PARTE

www.ingramcontent.com/pod-product-compliance
Lightning Source LLC
LaVergne TN
LVHW101952220826
846093LV00006B/194